BONNE-MARIE

PAR

HENRY GRÉVILLE

PARIS

E. PLON ET Cie, IMPRIMEURS-ÉDITEURS

RUE GARANCIÈRE, 10

—

1879

Tous droits réservés

PARIS. TYPOGRAPHIE DE E. PLON ET Cie, RUE GARANCIÈRE, 8.

BONNE-MARIE

PARIS. TYPOGRAPHIE DE E. PLON ET Cⁱᵉ, RUE GARANCIÈRE, 8.

Imprimé par Alfred Chardon Jeune

BONNE-MARIE

PAR

HENRY GRÉVILLE

PARIS

E. PLON et Cie, IMPRIMEURS-ÉDITEURS

10, RUE GARANCIÈRE

—

1879

Tous droits réservés

BONNE-MARIE

— ... C'était le bon temps! soupira le vieux fraudeur en vidant son verre de cidre, qu'il reposa bruyamment sur la table. En avons-nous fait des tours!

— On dirait que vous êtes contrarié de ne plus pouvoir en faire? demanda le sous-brigadier des douanes, en riant sous cape.

Il savait bien qu'une fois sur le chapitre de ses anciennes fredaines, Beslin en avait pour longtemps, et dès lors il pouvait espérer une invitation à souper pour entendre la suite des longues histoires de fraude. A vrai dire, ce n'était pas l'invitation à souper que recherchait le douanier, c'était l'apparition toujours rare

1

et bienvenue de mademoiselle Bonne-Marie
Beslin ; celle-ci ne se montrait qu'aux heures
des repas.

— Oui, certes, je le regrette! dit avec
colère le pécheur endurci, en tapant la table
du poing. C'était une vie, cela! Il y avait de
tout dans cette vie-là! Le danger de la mer,
le danger de vos fusils, toujours prêts à partir
sur nous; le danger de se rompre le cou dans
les falaises, avec cinquante kilos de tabac
fraudé sur le dos... Il y a de quoi s'amuser, au
moins! Tandis qu'à présent je suis là, comme
un vieux canot hors de service, à regarder le
temps qu'il fait par la fenêtre...

— Savez-vous ce que vous devriez faire,
père Beslin? insinua le douanier en prenant la
précaution de se reculer un peu sur son siége.
Vous devriez entrer dans les douanes, vous
nous rendriez de fameux services!...

— Pipe du diable! s'écria l'ex-contrebandier
en brandissant son poing sous le nez de son
interlocuteur, qui se recula encore un peu. Si

vous n'étiez pas un bon garçon, vous me paye-
riez cher cette plaisanterie! Moi, vendre les
nouveaux, quand j'ai été quarante ans le meilleur des anciens? Mais, si je voulais, je vous
dirais des tours dont vous ne vous doutez pas,
tout gabelou que vous êtes! Il y a des endroits
où nous cachons des ballots de tabac gros
comme un homme; vous passez devant, et vous
n'avez pas seulement le nez assez fin pour le
sentir! Tenez, en voilà, du tabac fraudé (il lui
passa un pot de terre commune plein de tabac
jusqu'au bord); je n'en fume jamais d'autre,
vous le savez bien! Et j'irais vendre ces bons
garçons qui me l'apportent!

Le douanier tira sa pipe de sa poche et la
bourra énergiquement, sans souci de la prove-
nance frauduleuse du produit.

— Je plaisantais, père Beslin, dit-il; c'était
seulement pour rire un peu. Et vous en avez
donc fait de ces niches, hein? Racontez-moi
ça, un peu, pour voir si à présent je saurais
les éventer.

— Vous? fit le vieux Normand d'un air narquois, en clignant un œil; vous, peut-être
bien; mais pas les autres, toujours! Tenez, par
exemple : un jour nous avions débarqué au
Nez-de-Jobourg une pleine charretée de dentelles et de beau tabac anglais, dans le genre
de celui que vous fumez, et encore il était
peut-être meilleur. Comme la nuit avait été
assez mauvaise, ceux d'en haut, vos douanes,
comme vous dites, les gabelous, comme nous
disons, nous avaient laissé débarquer tranquillement, et le tabac était dans les roches, à
l'abri du vent et de la marée. Mais, au matin,
il se met à faire un temps superbe, et voilà les
gens qui sortent de chez eux au soleil, juste
comme les limaces quand il pleut, sauf que
c'est tout le contraire; et par-dessus le marché
c'était un dimanche.

Sous prétexte d'aller chercher des piquets,
j'étais descendu avec une charrette jusqu'à
mi-côte, et les ballots s'étaient trouvés chargés
dès le matin; mais il fallait passer devant un

poste de douanes qui n'existe plus à présent...

Le vieux fraudeur s'interrompit pour rire silencieusement, mais de tout son cœur.

— Qu'est-ce qui vous fait rire? demanda le sous-brigadier, désireux de s'instruire dans les roueries du métier.

— C'est parce qu'il s'est trouvé un capitaine dans votre boutique pour prouver au gouvernement que le poste serait mieux à l'intérieur des terres... Parbleu! il avait une maison à Herqueville, qui appartenait à sa femme; on l'a louée pour loger vos hommes, et à présent les bons gars se promènent tranquillement sur la côte de par là, leurs ballots de tabac sur le dos, la pipe à la bouche et les mains dans les poches! Voilà! Ah! il était malin, votre capitaine! Nous avons bu quelques bons coups à sa santé, le jour qu'il a pendu la crémaillère du nouveau poste!

Le sous-brigadier se mordit les lèvres, pendant que Beslin riait à gorge déployée.

— Eh bien, reprit le fraudeur, quand il eut assez ri, je laissai donc ma charrette en bas, et je m'en allai sur la route pour voir s'il n'y aurait pas moyen de passer tout de même. Ah bien oui! Devant le poste, ils avaient mis un banc, et ils se chauffaient au soleil, comme des lézards! J'étais bien embarrassé, quand je vis une bonne femme qui descendait la route avec un chapelet à la main, en faisant de grandes enjambées. Voilà mon affaire, me dis-je, et j'allai à la rencontre de la bonne femme. Juste à ce moment-là, c'était bien à la mode d'aller en pèlerinage au Bienheureux Thomas, à Biville, où il y a une source qui guérit toutes les maladies, ou du moins qui les guérissait dans ce temps-là, car à présent j'ai entendu dire que la dévotion s'était bien relâchée! Il y avait aussi des filles qui allaient là en pèlerinage pour trouver des maris. Aller là, ça leur réussit encore, à ce que je crois, car je ne crois pas qu'on se marie moins qu'autrefois, par ici. Donc, on allait au Bienheureux Thomas, à jeun, quand on pouvait, mais on n'avait pas juré d'y aller à pied. Je vis tout

de suite que la bonne femme s'en allait aussi
à Biville, car elle était habillée tout de neuf,
et puis le chapelet! Mais bien sûr, ou du moins
probablement, ce n'était pas pour y trouver un
mari, car elle avait cinquante à soixante ans.

— Vous allez en dévotion, ma bonne dame?
lui dis-je en l'abordant.

— Oui, mon bon monsieur, répondit-elle.

— C'est bien loin, Biville!

— Ah! Vère, (oui) dit la bonne femme avec
un gros soupir, en regardant ses souliers déjà
blancs de poussière.

— Si vous vouliez, lui dis-je, je vous recon-
duirais un brin, car j'ai là une charrette; il y a
des piquets dedans, c'est vrai; mais, en se mettant sur la banquette; on n'en souffre pas. Je
vais jusqu'à la Grande-Vallée, derrière Vauville.

— Ah! dit la bonne femme, c'est bien sûr le
Bienheureux Thomas qui vous a envoyé sur mon
chemin; je lui dirai des prières pour vous!

— Eh bien, venez-vous-en par ici, fis-je

tranquillement, vous allez monter dans ma
charrette.

Au bout de deux minutes, nous étions assis
côte à côte, la bonne femme disant son chapelet
et moi conduisant la jument. Jusque-là les
douaniers ne pouvaient pas nous voir, mais
j'étais bien sûr que, s'ils me reconnaissaient,
ils fouilleraient la voiture, et alors tout allait au
diable! Comme nous approchions de la tournée :

— Espérez un brin, dis-je à la bonne femme,
voilà mon frère qui est dans le clos d'en haut;
je vais lui dire qu'il ne m'attende pas pour dîner.
Mais vous pouvez aller devant, je vous rejoin-
drai par le plus court; allez toujours jusqu'à
l'entrée de Vauville. Ne craignez rien, la jument
n'est brin méchante. Comme ça, je descendis et
je m'en allai par en haut, la bonne femme conduisant la jument. Quand les douaniers virent
passer cette bonne femme qui avait l'air si
vénérable, conduisant sa charge de piquets,
ils ne pensèrent pas à mal! Elle s'en alla tout
tranquillement jusqu'à l'entrée de Vauville, où

je la rejoignis. Alors, je sautai dans la voiture, et je fouettai ma bête, qui se mit à trotter.

— Ah! mon beau monsieur, n'allez pas si dur, criait la bonne femme, vos piquets qui me piquent dans le dos!

Mais elle avait beau crier, je n'étais pas d'humeur à lui répondre. Arrivé au ruisseau de la Grande-Vallée, je la déposai bien poliment par terre.

— Je vous remercie bien, quoique vos piquets soient rudement pointus.

— Il n'y a pas de quoi, lui répondis-je.

Et véritablement il n'y avait pas de quoi, car de ce voyage-là j'ai bien gagné quatre ou cinq cents francs.

— C'était une bonne idée, père Beslin, répliqua le douanier après une courte méditation pendant laquelle il se promit de fouiller désormais toutes les charrettes à piquets. Et qu'est-ce que vous fîtes de l'argent?

— Demandez à Bonne-Marie! Son éducation m'a coûté les yeux de la tête; mais aussi,

c'est une demoiselle! Elle a été élevée dans la
meilleure pension de Cherbourg, et elle a son
brevet de capacité! Ah! mais! c'est une demoiselle, c'est mademoiselle Beslin!

Le vieux fraudeur se frotta les mollets d'un
air de satisfaction.

— Le fait est, père Beslin, dit le douanier
en tortillant sa moustache, le fait est que mademoiselle Bonne-Marie est une jeune personne
douée de toutes les perfections; elle fera l'ornement de son sexe et pareillement celui de
son époux... Si jamais elle voulait être l'épouse
d'un officier des douanes, je puis compter sur
un avancement prochain, et...

— Ce n'est pas à moi qu'il faut dire cela, monsieur Chamulot, interrompit Beslin d'un air narquois; je ne suis pas une demoiselle à marier.

— Quoi! balbutia Chamulot interdit par
l'excès de sa joie, vous consentiriez...?

— Je ne consens à rien du tout, monsieur
le sous-brigadier; c'est à ma fille de consentir;
je me suis juré de ne pas m'en mêler, ni pour

oui, ni pour non. Adressez-vous à la demoiselle.

Chamulot ne se sentit pas assez encouragé pour exprimer de l'enthousiasme, et il se rabattit sur le tabac de fraude dont il bourra sa pipe avec acharnement. Les deux hommes restèrent un moment silencieux, fumant l'un vis-à-vis de l'autre. La pièce était assez vaste, mais basse et éclairée par une seule fenêtre, à la mode des maisons de paysan dans la Hague; les murailles épaisses, blanchies à la chaux, recélaient des placards aux portes de chêne, ornées de quelques moulures; la profonde embrasure de la fenêtre était lambrissée de sapin rouge depuis le haut jusqu'en bas et formait un banc qui continuait le long de la muraille adjacente; une lourde table de châtaignier bloquait le banc à demeure, laissant à peine la place nécessaire pour passer. C'est sur le banc qu'était assis le douanier, tandis que le père Beslin occupait un très-vieux fauteuil dont la paille absente était remplacée par un oreiller de plume, totalement aplati par un long usage.

La fenêtre donnait sur la mer et sur le petit port d'Omonville. Le soleil disparaissait derrière les hauteurs qui viennent mourir au cap de la Hague, mais ses rayons éclairaient encore le sommet des collines revêtues de bruyères et d'ajoncs à fleurs jaunes, vulgairement désignés sous l'appellation bien méritée de *piquets*. Le petit fort d'Omonville détachait son escarpement sur le ciel à peu de distance, et, dans le lointain, sur la mer bleu de lin, on distinguait les dentelures de la côte, si pittoresque et si variée jusqu'à Cherbourg.

— Vous êtes bien ici, dit enfin Chamulot en jetant un coup d'œil au dehors, à travers les vitres toujours closes.

— Pas richement, répliqua Beslin en indiquant du geste le banc et la table; c'était à peu près tout l'ameublement, avec un grand lit alcôve, aux rideaux d'indienne foncée, qui occupait le fond de la pièce. La cheminée, au manteau élevé, abritait un petit tabouret bas, siège ordinaire de Bonne-Marie, quand elle

préparait le repas; quelques ustensiles de cuisine accrochés à des clous dans la cheminée
attiraient l'œil par une paillette de jour égarée
dans ce gouffre noir; la soupe bouillait tranquillement, suspendue à une majestueuse crémaillère
au-dessus d'un feu de bois; tout était simple,
presque pauvre, dans cet intérieur de paysan
aisé.

— Ce n'est pas la richesse qui fait le bonheur, répliqua philosophiquement le douanier.

— C'est vrai, mon pauvre Chamulot, vous
n'êtes pas riche non plus! riposta malicieusement le vieux fraudeur.

— Qui vous l'a dit? fit le douanier en se
hérissant subitement.

— Mon Dieu! il n'était pas besoin de me le
dire! Ce n'est pas pour son plaisir qu'on sert
dans les douanes!

— C'est une arme d'élite! grogna Chamulot,
blessé dans son amour-propre.

— Les pompiers aussi, dit tout doucement
Beslin sans ôter sa pipe, et c'est eux qui ont

lo plus de mal! et avec ça les bonnes gens ont la mauvaise habitudo d'en rire!

Chamulot eût peut-être trouvé quelque réponse tranchante, mais la porte s'ouvrit, et avec un rayon de soleil couchant un visiteur se présenta sur le seuil.

C'était un homme d'une trentaine d'années, vêtu d'une cotte de laine et de larges pantalons de droguet. Il tira son petit chapeau de feutre noir et le remit aussitôt; puis il resta sur le seuil, un panier à la main, un lourd filet sur l'autre épaule, comme un homme qui attend un encouragement pour entrer.

— C'est toi, Belavoine? dit le vieux Beslin en abritant ses yeux de sa main pour reconnaître son hôte dans l'éblouissement du rayon d'or rouge.

— C'est moi, père Beslin. Je suis venu voir si vous accepteriez une petite friture.

— Ce n'est pas moi que cela regarde, mon garçon. Eh! Bonne-Marie?

A cet appel, une voix claire répondit d'en haut : Oui! Et un bruit de pas sur le plancher

sonore de l'étage supérieur annonça que la
jeune fille allait venir.

— Entre donc! dit Beslin à son visiteur.

— Nous avons le temps, répondit celui-ci
sans bouger.

Bonne-Marie se présenta. C'était une blonde
aux yeux bleus d'une douceur exquise, mais
où brillait par moments le feu d'une malice
enfantine.

Le visage ovale avait cette blancheur de
peau, ce rose velouté particulier aux jeunes
filles du pays. De beaux cheveux blonds retenus
sous un petit bonnet blanc, des sourcils et des
cils irréprochables achevaient la perfection de
ce visage, si doux qu'il ne paraissait beau
qu'après examen. Elle eût été laide, qu'avec
sa douceur elle eût paru jolie; mais elle était
jolie, et les jeunes gens d'Omonville ne le
savaient que trop bien.

— Voilà Belavoine qui t'apporte du poisson,
dit le père Beslin à sa fille pendant qu'elle
répondait au salut de ses hôtes.

— Si vous voulez bien accepter une friture, mademoiselle Bonne-Marie, dit le pêcheur avec un peu d'hésitation... J'ai choisi quelques petits poissons à votre intention...

Il écarta le varech qui recouvrait son panier, et le rayon de soleil fit chatoyer les couleurs d'une douzaine de poissons superbes, rougets, surmulets aux écailles dorées, colins au ventre blanc, brèmes aux nuances de nacre..

—C'est une folie, Jean-Baptiste, dit Bonne-Marie de sa voix musicale, si différente du ton généralement criard en usage dans le pays. Que voulez-vous que nous fassions de tout cela?

— Vous le mangerez pourtant, mademoiselle, ou bien j'irai le rejeter à la mer. Je me le suis dit en le prenant, c'est mon dernier mot.

—Eh bien, Jean-Baptiste, ne le rejette pas à la mer, et reste à le manger avec nous. Voilà M. le sous-brigadier des douanes qui te tiendra tête, dit le fraudeur avec une fausse bonhomie.

Belavoine jeta sur le douanier un regard

qui n'avait rien d'amical; mais Bonne-Marie avait tiré doucement sur le panier; il avait cédé à ce mouvement, et la porte s'était trouvée fermée derrière lui. Il entra donc, jeta son filet par terre et dit à voix basse :

— Merci bien, monsieur Beslin.

Aussitôt le feu flamba haut et clair dans la cheminée; la soupe fut trempée et mise au chaud dans les cendres; le trépied classique la remplaça, et les apprêts du souper allèrent grand train.

Pendant que Bonne-Marie allait et venait, mettant la table et regardant à tout, Jean-Baptiste préparait le poisson, accroupi sur le coin de l'âtre, à la lueur inégale du foyer. Au moment où la jeune fille se penchait au-dessus de sa tête pour prendre un ustensile de ménage, il la saisit par son tablier, qu'il porta à ses lèvres, sans mot dire. Ses yeux suppliants adressaient à Bonne-Marie la plus éloquente prière. Nul ne pouvait les voir ni les entendre, car le vieux fraudeur harcelait activement le douanier par ses taquineries rétrospectives; la jeune fille retira son tablier, sans colère, mais avec fermeté.

— Non, Jean-Baptiste, non, dit-elle, pas plus aujourd'hui qu'alors.

— Pourquoi? murmura le pêcheur, en essayant de l'adoucir par un regard de chien soumis.

— Parce que je ne vous aime pas assez pour être votre femme.

— Que faut-il donc faire pour que vous m'aimiez? demanda Jean-Baptiste, les mains tremblantes d'émotion.

— Il faudrait être mon maître, répondit Bonne-Marie, avec une cruauté dont elle n'avait pas conscience; je n'aimerai que celui qui sera mon supérieur.

— C'est vrai, murmura le jeune homme avec amertume, je ne suis qu'un pauvre pêcheur de village, et vous êtes une demoiselle...

— Ce n'est pas cela, répliqua vivement Bonne-Marie; vous ne m'avez pas comprise.

— Et pourquoi donc?

— Je vous le dirai une autre fois. Vous savez bien que j'ai trop d'amitié pour vous mépriser! dit-elle avec le ton du reproche. On nous regarde.

Elle s'envola à l'autre bout de la chambre, et Jean-Baptiste retourna tristement à ses poissons.

— Un maître! pensait-il, un maître! à elle, qu'on serait si heureux de servir selon ses caprices... C'est peut-être M. le sous-brigadier qui sera son maître, tandis que moi...

Il jeta un coup d'œil féroce sur le douanier, dont il était affreusement jaloux. Cette jalousie pourtant n'était point l'œuvre de la jeune fille; elle faisait de son mieux pour décourager *monsieur* Chamulot; mais celui-ci avait un amour-propre trop robuste pour se laisser décontenancer. Il ne faut rien moins à de telles natures que de bonnes et franches grossièretés pour leur ouvrir les yeux.

On se trouva bientôt réuni autour du sou-

per, et grâce à la causticité du vieux Beslin,
qui avait pris le douanier à partie, les rires se
firent écho des deux côtés de la table. Chamulot n'était pas bête ; il savait parfois trouver
une réplique juste, qui ne faisait qu'égayer Beslin. Celui-ci sentait trop bien sa supériorité
pour avoir besoin de l'affirmer à tout propos,
et il se laissait toucher par le douanier, sauf à
lui répondre plus vertement que jamais.

Belavoine se réjouissait sincèrement à chaque attaque dirigée contre son rival. D'ailleurs,
il avait pour lui ce soir-là les honneurs de la
guerre, puisqu'il avait fait les frais du souper,
et de plus Bonne-Marie était tout près de lui ;
à chaque instant il était effleuré par sa robe
ou son bras, et le plaisir de la voir si jolie et si
douce primait momentanément la douleur que
lui causait son refus.

Après le souper, il fallut faire du café, et
ce café fut bien et dûment arrosé de spiri-
tueux, comme il convient. Après avoir mis la
bouteille d'eau-de-vie sur la table, Bonne-

Marie se retira doucement, sans prendre congé de personne, et les trois hommes procédèrent à des libations copieuses. Le douanier fut le premier à sentir ses jambes lourdes.

Belavoine n'avait guère bu, non qu'il fût plus sobre qu'un autre dans un pays où bien boire est plutôt réputé à mérite qu'à blâme; mais il observait son rival, et il espérait lui voir dire ou faire quelque sottise; il n'avait pas l'intention de lui prêter à rire pour sa part. Chamulot commença donc à parler un peu plus haut que de raison, et Beslin ne fut pas long à lui tenir compagnie; mais après avoir défilé un long chapelet d'histoires, tous les deux se trouvèrent las, et la compagnie se sépara.

En reconduisant ses hôtes sur le seuil, Beslin, qui avait la tête solide, malgré certaines intempérances de langue, mit une main sur l'épaule de chacun d'eux.

— Voyez-vous, mes gars, leur dit-il, tout ça, c'est très-bien; mais si je retrouvais encore une belle occasion de frauder, comme autre-

fois, pour peu que la chose en valût la peine,
eh bien, je le ferais, pardieu oui, je le ferais!

— Et je vous aiderais, Beslin, je vous en
donne ma parole, riposta Belavoine, en lançant un regard de défi au douanier.

— Toi? ça ne m'étonnerait pas; ton père
était un bon! En avons-nous fait de nos farces!

— Et moi, je serais bien malheureux, dit
le douanier avec un grand salut, si j'étais
obligé de vous tirer des coups de fusil; mais
le service de l'État avant tout!

— Eh oui, le service de l'État avant tout!
C'est ça, mon garçon. Et là-dessus, allez vous
coucher, car je crois que chacun de vous y
voit double.

Le douanier s'éloigna d'un air fanfaron et
regagna le poste en butant sur les galets un
peu plus que de raison, pendant que Jean-
Baptiste s'en allait d'un pas égal et lent vers
son domicile peu distant. Avant de rentrer, il
alla inspecter son canot, amarré en lieu sûr,
puis il fit le tour de sa miason, étendit son

filet sur la plage et enfin ferma la porte derrière lui et se coucha sans lumière.

—Oui, tout ça, c'est très-bien, répéta le vieux
Beslin ; mais vous n'aurez pas ma fille, mes
gentils garçons. Elle est fière, mademoiselle Beslin ; elle est bien élevée, et vous n'êtes pas assez
bons pour elle. Ce n'est pas qu'elle me l'ait dit,
car elle n'est pas bavarde, mais elle est fière,
elle tient de son papa... Sa mère était plus
riche que moi ; elle m'a bien épousé pour mes
beaux yeux ! Tiens, pourquoi n'épouserait-on
pas Bonne-Marie pour ses beaux yeux ? Ils sont
plus beaux que les miens !

Beslin rentra chez lui en se frottant les
mains, et s'endormit bientôt dans le grand lit
à rideaux d'indienne à fleurs.

L'après-midi, Beslin disparaissait le plus
souvent, et, depuis dix-huit mois que sa fille
était revenue auprès de lui après avoir terminé
ses études, elle avait appris à respecter la
liberté de ses allées et venues.

En général, dans la Hague, où beaucoup de

vieilles coutumes se sont conservées, les enfants
sont très-respectueux pour leurs parents. Les
tristes scènes d'abandon ou de brutalité qui,
ailleurs, sont trop souvent la conséquence d'un
partage ou d'une cession de biens anticipée,
sont sans exemple dans ce pays. A plus forte
raison les enfants se montrent-ils pleins de
déférence lorsqu'ils ont tout à attendre de leurs
parents.

Bonne-Marie, bien que son éducation la mît
infiniment au-dessus du niveau intellectuel et
moral du vieux Beslin, était donc une fille sou-
mise et dévouée. Ses mains, blanchies pendant
l'oisiveté relative de ses dix années de pension, s'étaient remises sans rechigner au travail domestique; la maison du fraudeur, si
triste et si négligée pendant l'absence de sa
fille, qui l'avait quittée aussitôt après la mort
de la mère, avait repris un air de propreté
soignée particulier aux maisons bourgeoises;
des rideaux de calicot blanc s'étaient alignés
aux deux uniques fenêtres de la maison; un

lessivage à la chaux avait fait disparaître toutes les souillures, et les meubles frottés à l'encaustique reluisaient comme des miroirs.

— Ce n'est pas pour ça que je t'ai fait si bien élever, grommelait parfois Beslin en voyant sa fille s'occuper activement de tous ces détails matériels.

— Pardonnez-moi, papa, répondait Bonne-Marie, la propreté et le soin du ménage sont les premières et les plus fortes leçons qu'on m'ait données.

A cela Beslin ne trouvait rien à répondre : il se contentait d'admirer sa fille.

— C'est fini, je ne fraude plus, avait-il dit le jour où Bonne-Marie était revenue de pension, sous la conduite d'une dame du pays qui avait été la chercher à Cherbourg.

— Et de quoi vivras-tu donc, mon pauvre Beslin? lui avait-on demandé en chœur.

— J'ai quelques sous dans une *cauche* (un bas), avait-il répondu en clignant de l'œil; et puis, une belle fille comme la mienne n'est

2

pas difficile à marier ; mon gendre me nour-
rira !

Cette plaisanterie avait été la seule réponse
qu'on pût en tirer ; cependant Beslin, fraudeur
avoué toute la vie, ne semblait plus faire partie
des expéditions de contrebande. Il avait poussé
l'outrecuidance jusqu'à répondre un jour à
l'employé qui lui demandait sa profession
avant de lui délivrer un port d'armes : —
Fraudeur, monsieur l'homme à la plume.

Cette fredaine n'avait pas eu de consé-
quences ; le plumitif, qui le connaissait bien,
avait remplacé l'appellation illégale par celle
de propriétaire ; mais on se demandait dans
Omonville et dans les environs comment Beslin s'y prenait pour vivre sans frauder, dans
le double sens du mot vivre, car ses goûts le
poussaient aux aventures aussi bien que la
nécessité de se procurer des ressources. La
maison qu'il habitait était le seul capital qu'on
lui connût, et elle ne lui rapportait que l'éco-
nomie d'un loyer.

Beslin cependant disparaissait tous les jours.
— Je vais me promener, disait-il; en effet, on
voyait sa forme trapue, toujours vigoureuse
malgré ses soixante ans, se dessiner sur la
route ou sur la falaise; puis il disparaissait, et
personne n'avait envie de le suivre.

Le lendemain du souper de poissons, le
vieillard était parti comme à son habitude;
Bonne-Marie, après avoir mis en ordre la cham-
brette qu'elle occupait à l'unique étage de la
maison, arrangea deux pots de géranium qui
garnissaient l'appui de la fenêtre, selon l'usage
du pays, jeta un coup d'œil distrait sur sa
petite glace, qui lui présentait son visage de
travers, avec un ton verdâtre peu agréable, et
descendit avec son ouvrage dans le jardinet
qui tenait à la maison.

L'ouvrage de Bonne-Marie était une tapisserie aux couleurs chatoyantes. Qu'espérait-
elle faire de cette tapisserie, si peu en rapport
avec la maison qu'elle habitait et son existence
actuelle?

— C'est pour quand je me marierai, répon-
dait-elle aux jeunes filles de son âge qui l'inter-
rogaient à ce sujet.

En effet, pendant les quelques heures qu'elle
pouvait dérober aux travaux du ménage,
Bonne-Marie, grâce à ce morceau de canevas,
vivait dans un rêve enchanteur. Elle voyait
passer entre les fils de laine brillante tout ce
que les romans vertueux lus au pensionnat lui
avaient laissé deviner de la vie mondaine :
les voitures, semblables à celles qu'on voyait
aller et venir dans Cherbourg les jours de première communion ou de courses; les toilettes
élégantes telles qu'en portaient les Parisiennes
au casino des bains de mer; les beaux jeunes
gens entrevus à l'arrivée du train des maris le
samedi et le dimanche... Derrière cette fantas-
magorie, comme au sein d'une apothéose, se
cachait Paris! C'est à Paris que voulait vivre
Bonne-Marie.

C'est à Paris qu'elle habiterait une jolie maison dans le genre de celles que possèdent aux

environs de Cherbourg les propriétaires aisés.
C'est là qu'elle aurait cheval et voiture, serre
et jardin; Bonne-Marie jetait un regard de
pitié sur le pauvre petit jardinet planté de
quelques fleurs rustiques et de beaucoup de
choux plus utiles; il lui fallait un parterre
sablé, avec de grands arbres toujours verts et
des statues de bronze, comme certain jardin
entrevu sur la route à travers une grille. Son
mari lui donnerait tout cela, et bien autre
chose encore! Mais d'où viendrait-il, ce mari?
Ce n'était pas à Omonville qu'il se trouverait,
bien certainement!

Bonne-Marie ne savait rien à cet égard, et
ses rêveries sur ce point étaient très-vagues. Il
arriverait un beau jour, ce mari prédestiné; il
la rencontrerait sur la falaise et l'aimerait à
première vue : il s'arrêterait frappé de sa
beauté distinguée et resterait immobile; elle,
émue, poursuivant son chemin, se retournerait
pour le voir une fois encore, et ce regard déci-
derait de leur destinée...

2.

Ou peut-être ce serait un peintre, avec sa
palette et ses pinceaux; il passerait là un soir,
un peu avant le soleil couchant, comme à
l'heure présente, et verrait la jeune fille par-
dessus la haie d'aubépine soigneusement tail-
lée; il s'arrêterait à la regarder; elle lèverait
les yeux, et cet être illustre, orgueil et espoir
de la France, sentirait que son bonheur est là,
dans ce petit jardin modeste, entre une rose à
cent feuilles et une touffe de lavande...

— Bonne-Marie! dit une voix derrière la haie.

Elle tressaillit violemment; son rêve était-il
réalisé? Elle leva les yeux, mais son regard ne
rencontra que le visage bien connu de Jean-
Baptiste.

— Que voulez-vous? dit-elle, le visage couvert de rougeur, honteuse d'être surprise au
sein de ses chimères, comme si le pêcheur
avait pu deviner ce qui se passait dans ce fantasque cerveau.

— Bonne-Marie, dites-moi, pourquoi ne
voulez-vous pas m'aimer?

Jean-Baptiste s'était accoudé sur la haie
d'aubépine, forte et dure, qui pliait à peine
sous son poids, et regardait mademoiselle Beslin, avec ces yeux pleins de soumission et de
tendresse qui lui donnaient l'air d'un chien
fidèle.

— Mon pauvre Jean, dit-elle encore troublée, à peine revenue au monde réel, je ne
peux pas, ce n'est pas ma faute!

— Mais que vous faut-il donc? Je suis un bon
garçon; je n'ai jamais tenu mauvaise conduite;
mes parents m'ont laissé de quoi; je suis pêcheur parce qu'il faut bien faire quelque chose;
mais si vous vouliez, j'irais à la ville, je pren-
drais un commerce, une petite épicerie...

— Non non, pas cela! murmura Bonne-
Marie, pas cela!

— Pas d'épicerie? ce sera comme vous voudrez! Si vous aimez mieux, je vendrai mon
fait, et j'irai à Paris! Je vois bien que c'est ça
qu'il vous faut, mademoiselle Beslin; c'est Paris
que vous aimez..., eh bien, je l'aimerai aussi!

— Qu'est-ce que tu ferais à Paris, mon pauvre Jean-Baptiste? dit lentement Bonne-Marie en repliant son ouvrage.

— Et vous, qu'est-ce que vous y feriez? riposta le pêcheur en se redressant.

Un sourire fugitif éclaira le visage de la jeune fille. Peu lui importait ce qu'elle ferait à Paris. Elle y serait riche et considérée; n'était-ce pas assez?

— Non, Jean, dit-elle sans colère, ni à Paris ni ailleurs. Je ne peux pas t'aimer. Ne t'ai-je pas dit que mon mari sera mon maître?

— Et comment faudra-t-il donc qu'il soit? s'écria Jean-Baptiste irrité. Votre maître! Il faudra qu'il vous batte, peut-être?

Un éclair de menace traversa les yeux de Bonne-Marie.

—·S'il me battait, dit-elle, il serait pis qu'un esclave! Nous ne nous entendons pas, mon pauvre Jean; voilà pourquoi je ne peux pas t'aimer, reprit-elle, revenant sans s'en apercevoir au tutoiement de son enfance, si usité dans

les campagnes entre garçons et filles qu'il
n'est même plus une formule d'amitié. Cette
familiarité cependant fit briller de joie les
yeux du jeune homme.

— Ce sont les livres, dit-il, qui t'ont tourné
la tête, Bonne-Marie; un jour viendra que tu
reconnaîtras que tout ça ne valait rien. La
destinée des gens d'ici est de vivre et mourir
ici, ajouta-t-il en frappant la terre du pied;
c'est cette terre-là qui nous porte et nous
nourrit; il ne faut pas être ingrat envers elle.
Tu n'es pas faite pour Paris, c'est moi qui te le
dis; tu es faite pour rester ici; tu verras plus
tard si je me trompais.

— Nous verrons! répéta Bonne-Marie en
relevant la tête avec orgueil.

— C'est ton douanier qui te met ces idées-là
en tête! C'est un sot et un traître par-dessus
le marché! Tu le préfères peut-être? Il t'a dit
qu'il aurait une belle place, qu'il changerait
de position... Il veut aller avec toi demain à
Beaumont...

— Qui est-ce qui lui a permis? riposta vivement Bonne-Marie, rouge de colère.

— Toi, probablement, puisqu'il le dit!

— Ça n'est pas vrai! Je ne lui ai pas permis! Qu'il essaye!

— Est-ce bien vrai que tu ne veux pas? fit Jean-Baptiste, joyeux et surpris.

— Tu le verras bien! Je te permets de me suivre d'un peu loin, et tu verras bien s'il ose m'aborder.

Elle garda le silence un instant, d'un air irrité, puis reprit :

— Je ne t'aime pas, Jean-Baptiste, au moins pas comme tu le voudrais; mais je ne voudrais pas te faire de peine ni d'offense, pour tous les douaniers du monde, et quand j'ai dit non, c'est non. Tu peux venir!

— Avec toi?

— Non, pas avec moi; j'irai seule, puisque je ne veux pas t'épouser; mais tu pourras voir de quelle couleur est l'amitié que je lui porte, à ce bel oiseau de vert vêtu!

Bonne-Marie se leva vivement et fit mine de rentrer.

— Tu t'en vas? dit tristement le pêcheur.

— Il est temps de préparer le souper; bonsoir, répondit Bonne-Marie.

Elle fit quelques pas, puis, au moment d'entrer dans la maison :

— C'est malheureux, dit-elle, que tu te sois mis des sottises en tête, mon pauvre Jean, car je t'aimerais bien sans cela; mais si jamais quelqu'un te dit que je me laisse courtiser par un douanier, tu peux lui répondre qu'il en a menti, foi d'honnête fille.

Elle rentra, laissant Jean-Baptiste triste et content, à la façon des chiens à la chaîne, quand on leur apporte à manger.

Les rayons du soleil levant, longtemps arrêtés par la haute colline que couronnait alors la vigie, pénétraient enfin dans la jolie vallée d'Omonville; les gras pâturages, où l'herbe haute et drue semble en toute saison un épais tapis de velours vert émeraude, rece-

vaient les uns après les autres les ombres des
arbres de la route qui serpente le long de la
colline pour gagner les hauteurs. De gros
rochers, à demi recouverts de lierre, perçaient
çà et là le flanc de la colline. Des bruyères,
alors d'un vert sombre, en automne d'un
pourpre incandescent, tachaient de sombre le
revêtement d'ajoncs qui, dans ce pays béni,
fait une parure d'or aux landes les plus arides.
Une vapeur dorée enveloppait les peupliers à
peine feuillus, les saules, plus hâtifs, déjà plus
verts, les haies d'aubépine, semblables à un
bouquet de mariée, qui serpentaient capri-
cieusement en guirlandes, séparant les pro-
priétés et réunissant les croupes gazonnées
jusqu'au fond de la vallée, c'est-à-dire à l'endroit où le ruisseau faisait un coude imprévu.
Appuyé à un contre-fort de rochers, un vieux
moulin de pierres grises, entouré de grands
arbres à peine verdissants, semblait barrer le
passage. Depuis la mer, la vallée d'Omonville
n'est qu'un jardin agreste, un décor de féerie,

tombé par là par hasard entre deux collines où la main de l'homme s'est lassée de porter infructueusement la charrue.

C'est à mi-côte de ce vallon délicieux que cheminait Bonne-Marie. En jupon demi-court, tissé de droguet fait au village, coiffée du petit bonnet plat qui sied si bien aux filles du pays, Bonne-Marie semblait avoir abdiqué ses prétentions mondaines; elle n'était plus qu'une jeune paysanne se rendant au marché de Beaumont, pour y acheter les provisions de la semaine.

De l'autre côté de la vallée, Jean-Baptiste se glissait sournoisement derrière les haies d'épine. Dans ce grand calme de la campagne qu'on ignore à la ville, le moindre bruit s'entend de fort loin; un craquement fit retourner Bonne-Marie, et à travers une brèche dans la haie elle aperçut la tête de Jean-Baptiste qui la regardait avec passion. Un geste de la main, très-léger, un regard d'indicible moquerie, un sourire à peine indiqué, furent, paraît-il, une

3

réponse suffisante pour le jeune pêcheur, car il retira son visage, devenu soudain joyeux, et se blottit derrière son abri piquant.

Une voix sonore retentit au fond de la vallée :

— Mademoiselle, eh, mademoiselle!

Bonne-Marie se retourna un peu, bien peu... Dans les grasses prairies inondées à un pied de hauteur par l'eau alors oisive du moulin, le sous-brigadier des douanes arrivait à grandes enjambées.

Pour n'être pas aperçu des mauvaises langues villageoises, Chamulot avait pris le plus court, c'est-à-dire la ligne droite. Mais l'aphorisme spécieux qui fait passer la ligne droite pour le plus court chemin d'un point à un autre devait causer bien des peines à l'amoureux douanier. Quiconque n'a pas essayé de marcher dans un pré au-dessous d'un moulin quand les vannes du ruisseau sont levées ignore la quantité d'eau que recèle la terre traîtresse. Du haut de la pente, vous contemplez avec envie ce velours attrayant; sa verdure épaisse et riche attire les yeux, attire les pas... Ce velours est menteur comme les plus belles surfaces de ce monde; il cache un pied d'eau, et malheur à l'imprudent qui s'engage dans ce vert tapis, s'il tient à éviter les rhumes !

— Mademoiselle, eh, mademoiselle !

Bonne-Marie ralentit imperceptiblement le pas, mais sans tourner la tête; son panier au bras, elle cheminait doucement, regardant le paysage avec une quiétude profonde.

Chamulot crut voir en ceci la pudeur d'une jeune personne bien élevée, qui veut bien qu'on la rejoigne, mais qui ne doit point paraître le désirer. Il en fit de plus vastes enjambées, et le bruit d'un corps lourd tombant dans l'eau frappa l'oreille finement tendue de mademoiselle Beslin. Un coup d'œil jeté en arrière, nul ne saurait expliquer de quelle façon, puisque personne ne l'aperçut, lui prouva que le sous-brigadier n'était point tombé sur la face; ses grosses bottes faisaient

alternativement jaillir sur lui l'eau de plus en
plus haute, à mesure qu'il se rapprochait du
ruisseau, traîtreusement caché sous les touffes
de menthe.

Bonne-Marie ralentit encore un peu le pas.
Le sous-brigadier fit un effort surhumain,
mais le pied lui manqua, ou plutôt la terre
détrempée se déroba sous lui, et il glissa à
quatre pattes dans l'onde perfide, accompagné
d'un bruit d'eaux jaillissantes tout à fait en
harmonie avec la douce fraîcheur du lieu. Ici,
Bonne-Marie s'arrêta.

— Mademoiselle, eh, mademoiselle, atten-
dez-moi!

La voix plaintive du douanier toucha enfin
le cœur rebelle de la jeune fille; elle se
retourna, et contempla la piteuse figure du
douanier qui s'était relevé. L'âme pleine d'un
courage indompté, il arpentait désormais l'autre
bord du ruisseau si inopinément franchi, et se
rapprochait de Bonne-Marie; mais les prés
n'étaient pas moins bien arrosés que sur la

rive opposée, et l'eau ne cessait de jaillir autour de Chamulot, assez semblable en ce moment à un chien qui se secoue.

Bonne-Marie s'approcha de la côte, très-escarpée en cet endroit.

— C'est vous, monsieur le sous-brigadier? que faites-vous là dedans?

Le visage de Jean-Baptiste, rayonnant de malice et de joie, apparut à une autre brèche dans la haie; il contemplait le dos humide de son rival.

— Je venais... je voulais...

Le douanier, essoufflé par sa course laborieuse, s'épongea le front avec la manche mouillée de son uniforme.

— Vous vouliez m'accompagner à Beaumont? reprit l'impitoyable coquette; mais vous n'êtes pas assez propre, monsieur Chamulot! Quelle idée avez-vous eue de prendre par les prés, au lieu de suivre la grande route, comme un chrétien? Ah! mon Dieu, que vous êtes drôle!

Elle éclata de rire, et la voix de Jean-Baptiste lui fit écho sur l'autre versant de la vallée.

Pris entre deux feux, le douanier tourna d'un côté et de l'autre son visage couvert de honte, de terre humide et de sueur. Il avait l'air si penaud que les deux jeunes gens, perdant toute mesure, redoublèrent leur hilarité moqueuse.

— C'est bon, c'est bon, grommela Chamulot, devenu soudain blême de rage; on me le payera.

Il reprit à l'aide des mêmes enjambées le chemin qu'il venait de faire, se souciant peu de se mouiller plus ou moins désormais. Après l'avoir contemplé pendant un instant, Bonne-Marie secoua la tête, rit encore un moment, puis, faisant un petit signe amical à Jean-Baptiste, elle prit rapidement le chemin de Beaumont et disparut en un clin d'œil au tournant de la colline.

Le soir du même jour, Bonne-Marie, revenue de sa longue excursion, fatiguée et taciturne, alla se coucher de bonne heure après un souper sommaire. Sa gaieté du matin avait disparu pendant la route, et, comme il arrive souvent aux jeunes filles, après avoir ri aux éclats, elle avait eu envie de pleurer.

C'était bien dur, en effet, pour une âme ambitieuse comme la sienne, de se voir aller au marché ainsi qu'une simple paysanne; après avoir rêvé la veille de luxe et de plaisirs mondains, il lui paraissait bien pénible de revenir au logis à pied, ployée sous le lourd fardeau d'un panier plein de victuailles, escortée par les jeunes filles d'Omonville, peu instruites, peu civilisées, incapables de la distraire par leur conversation et dont, trop dissemblable elle-même, elle n'était guère aimée!

C'est donc le cœur gros que Bonne-Marie monta à sa chambre, après avoir dit bonsoir à son père qu'elle embrassa avec plus de tendresse que de coutume. Le vieux fraudeur, en effet, ne s'était-il pas donné toutes les peines

du monde pour rendre sa fille heureuse? Et
s'il n'avait pas réussi, était-ce à lui qu'il fallait
s'en prendre?

— Chère petite, se dit le vieillard, en écou-
tant, attendri, le bruit des pas de sa fille dans
l'escalier de bois sonore, tu seras tout à fait
heureuse, ou j'y perdrai mon nom.

Il écouta encore une heure environ pour
s'assurer que sa fille était couchée, puis il prit
dans un coin son gros bâton de houx qui ne le
quittait guère, tira de son armoire un objet
qu'il mit dans sa poche, éteignit la lampe et
sortit avec précaution.

— Là, dit-il entre ses dents, avec son rire
narquois, tout le monde est couché, à cette
heure, la lune aussi, ma foi...

Tout le monde n'était pas couché cependant;
quelques lumières brillaient encore çà et là
dans les maisons; un peu plus loin, la caserne
des douaniers semblait endormie; le faible
rayon de la lampe filtrait seul à travers les
volets. Beslin lui adressa un salut moqueur.

— On vous en a fait voir, mes gars, se dit-il
à lui-même, et vous en verrez encore! le père
Beslin n'a pas tout à fait renoncé au commerce!

Il prit à gauche et s'en alla tout le long de
la grève, à l'abri des petits murs de pierre
sèche qui défendent de la mer les champs
situés à l'extrème limite du flot, limite parfois
dépassée dans les grandes marées, quand le
vent vient du nord. Son pas résonna un instant sur les gros galets qui s'éboulaient sous
son poids ; il s'arrèta et tendit l'oreille à quelque bruit insaisissable... Le flot régulier de la
marée montante frappait la plage capricieuse-
ment déchiquetée en mille roches découvertes
et recouvertes deux fois par jour ; aucun autre
murmure que celui de l'onde infatigable, sans
cesse repoussée par le roc qui lui tient tête et
revenant sans cesse à la charge avec une opi-
niâtreté sans égale... Beslin reprit sa marche,
mais le bruit de ses chaussures entre les galets
lui produisait une impression désagréable, et
il se mit dans l'eau jusqu'à la cheville, en sui-

vant la frange d'écume blanchissante du flot
montant.

La nuit était noire; une petite brise nord-
est, si légère qu'à terre les feuilles des arbres
frissonnaient à peine, poussait contre cette ceinture de récifs qui défend la Hague, mieux que
tous les canons Krupp, les vagues rapides de la
marée montante. Deux ou trois fois encore
Beslin s'arrêta. L'écume répandait une sorte
de lueur, qui ne permettait pas de distinguer
aucun objet, mais qui cependant éclairait un
peu le rivage... Rien de suspect ne se montrait; le vieux fraudeur reprit sa marche noc-
turne.

Il atteignit une sorte de tertre, presqu'île à
peine rattachée à la terre par une étroite langue de terre de plus en plus rongée par la
vague et souvent franchie lorsque le vent d'est
pousse ces énormes lames qui viennent s'écra-
ser sur la côte et disparaissent en fine poussière salée. Là se voient encore les restes d'un
ancien poste de douaniers, déjà abandonné

alors et tombant en ruine. Les mouettes et
les cormorans s'y réfugient dans les nuits de
tempête, lorsque la vague envahit les roches
en pleine mer où ils demeurent habituellement.

— C'est malin tout de même, pensa le vieil
aventurier, de cacher les bibelots fraudés dans
la propre bijute de la douane! C'est eux qui
n'auraient pas eu cette idée-là!

Il haussa les épaules en se rappelant la suffi-
sance de Chamulot.

— Celui-là croit avoir inventé la poudre,
continua mentalement le père Beslin; il n'a
pas même inventé le tabac à priser!

Il fit alors le tour de la vigie abandonnée,
en frappant sur les pierres avec son bâton;
une tête s'avança avec précaution, puis une
autre.

— C'est moi, dit-il tout haut, sans se gêner;
allons, hardi! la nuit est noire, suivez les rochers en marchant dans l'eau; vous connaissez
bien le dicton des marins : « L'eau de mer ne
mouille pas! »

Payant d'exemple, il chargea un ballot sur
ses épaules et se mit dans l'eau jusqu'à la ceinture, se dérobant derrière les roches avec une
prudence extrême. Les deux hommes, plus
lourdement chargés, le suivaient avec peine.
Il fallait faire environ une demi-lieue en longeant les rochers, battus par le flot montant ; à
tout instant un trou se présentait, qu'il fallait
enjamber avec précaution pour ne pas prendre
un bain complet. Le vieux Beslin avait fait
cette route cent fois peut-être, et sans s'inquié-
ter d'être entendu, sachant sa voix couverte
par le bruit de la mer, il donnait à ses compa-
gnons des indications si précises qu'ils en
furent surpris.

— Mais vous avez donc des yeux au bout
des orteils, père Beslin ? lui dit un de ses com-
pagnons, nouveau venu dans ces parages,
pendant qu'ils se reposaient un moment à
l'abri d'une grosse roche, qui dérobait leur
vue à la grève.

— Oui, garçon, répondit le fraudeur en

reprenant sa route, et au bout des doigts aussi;
vois-tu, il faut être le premier dans son métier
quand on veut conduire les autres, ou bien no
pas s'en mêler!

Ils étaient arrivés au point où les gros rochers
font place à des roches moussues, plates et
glissantes; il fallait se mettre à quatre pattes,
traverser la grève et tâcher de gagner les champs.

—Attention! dit Beslin à voix basse, voici
le passage dangereux.

Au moment où le contrebandier, encore
dans l'eau jusqu'à la ceinture, allait quitter
l'ombre du rocher, un bruit métallique se fit
entendre sur la grève.

—Les douaniers! fit Beslin entre ses dents.
J'aurais juré que ce gueux de Chamulot me
suivait!

— Qui vive? cria une voix forte, à dix pas
d'eux.

Les fraudeurs s'arrêtèrent court derrière
Beslin. Le flot montait, et l'écume entrait dans
leurs bouches.

— Qui vive? répéta le douanier.

— Père Beslin, dit un des hommes, je perds pied, le flot m'enlève.

Les douaniers se concertèrent et firent quel-ques pas.

— Ils s'en vont, dit le second fraudeur.

— Non, répondit Beslin, ils veulent nous cerner; on peut passer derrière ce rocher-là. Retournez : pendant qu'ils pataugent, je vais les occuper ici; retournez à vingt ou trente mètres en arrière, traversez la grève et gagnez les champs; ils ne penseront pas à vous cher-cher.

— Et vous, père Beslin? dit le fraudeur inquiet.

— Je dirai que je me promène pour ma santé; ils me croiront ou ne me croiront pas, cela les regarde. Allez, mes enfants, et ne mouillez pas les marchandises.

Le flot montait toujours, il n'y avait pas à hésiter; les deux hommes rebroussèrent che-min, toujours protégés par l'ombre des rochers, et firent comme le leur avait dit leur guide.

Les douaniers indécis étaient revenus sur la
grève; le bruit clair et sec de leurs fusils retentit sur le galet; Beslin attendait toujours, tapi
dans une anfractuosité; pour son malheur, une
lame plus forte passa sur lui et lui enleva son
chapeau, qui se dessina noir sur l'écume blanche.

— Il y a quelqu'un là, dit un des douaniers.

— Non, répondit Chamulot, il n'y a personne.

Une lame frangée d'écume se brisa contre
Beslin, qui faisait corps avec le rocher et indiqua sa silhouette.

— S'il n'y a personne, répliqua le douanier,
il y a au moins un oiseau de mer. Voyez, mon
officier !

Beslin, engourdi, fit un mouvement pour reculer...

— Feu! dit Chamulot, non sans une répu-
gnance instinctive.

L'éclair de la détonation illumina la roche
noire et le flot blanchissant...

Beslin roula dans la vague qui l'apporta presque aussitôt sur le galet.

A la lueur de leur lanterne sourde, les douaniers reconnurent Beslin. Une balle lui avait
traversé le front. Il respirait encore ; mais pendant qu'on allait chercher une civière à Omonville, il rendit le dernier soupir.

Une heure sonnait à la pauvre église du village, lorsque le cortége funèbre arriva à la
porte de Beslin. Le coup de feu avait réveillé
les pêcheurs ; plusieurs étaient accourus, mais
nul n'osait appeler Bonne-Marie.

— Je vais l'appeler, moi, dit Jean-Baptiste,
qui tremblait de fièvre et de douleur. C'est
dans la peine qu'on connaît ses amis.

Il monta à la chambre de la jeune fille, mais
ce n'est pas une main d'amant qui heurta à la
porte ; un frère n'eût pas eu plus de chaste
pitié pour sa sœur affligée.

—Ton père a eu un accident, lui dit-il, en la
voyant ouvrir la porte, blanche dans son costume de nuit ; descends vite !

Elle jeta quelques vêtements sur elle et descendit sans mot dire. Il la tenait par la main, très-fort, machinalement; elle aperçut son père étendu, un drap sur la figure, tous les fronts découverts, à la lueur obscure des lanternes...

— Il est mort? demanda-t-elle.

Personne ne répondit.

Elle voulut s'agenouiller auprès du corps; mais ses jambes fléchirent; elle tomba à la renverse dans les bras de Jean-Baptiste, qui la soutint et la porta sur le lit du défunt.

On s'empressa autour d'elle, et bientôt elle revint à la vie. Les bonnes femmes du lieu s'installèrent près d'elle.

— Qui l'a tué? demanda-t-elle quelques heures après, lorsque la clarté grisâtre de la première aube fit pâlir la chandelle allumée de la civière.

— C'est le sous-brigadier, répondit une voix; ton père faisait la fraude...

— C'est cela, répondit Bonne-Marie en

fermant les yeux; il avait bien dit qu'il se ven-
gerait!

Cependant le sous-brigadier n'était pas aussi
coupable que le pensait Bonne-Marie; il avait
suivi Beslin avec l'idée de le prendre en fla-
grant délit; mais jamais sa pensée n'avait été
jusqu'au meurtre. Une fois en présence de la
faute, cependant, il s'était trouvé poussé par
l'impérieuse loi de la consigne militaire; il
avait obéi, non sans terreur, au règlement de
son métier.

Les habitants du pays l'évitaient désormais
et affectaient de faire un grand détour lorsque
par hasard ils le trouvaient sur leur route.
Chamulot demanda et obtint rapidement son
changement, si bien que lorsque Bonne-Marie,
suivant les règles du deuil, si sévères en province, sortit pour se rendre à l'église, quinze
jours après l'enterrement de son père, elle fut
assurée de ne pas rencontrer l'odieux douanier.

Six semaines s'étaient écoulées depuis la
mort de Beslin; le printemps tournait à l'été;

bientôt les feux de la Saint-Jean devaient s'allumer dans les villages, sous la couronne de fleurs suspendue en travers de la route. Bonne-Marie avait mis silencieusement la maison paternelle en ordre pour une longue absence, et, un jour, Omonville fut tout surpris d'apprendre que mademoiselle Beslin allait partir.

— Partir, pour où? se demandaient les commères.

La question n'était pas facile à résoudre; car, depuis le malheur qui l'avait frappée, Bonne-Marie n'avait pas échangé dix paroles avec âme qui vive, sauf le curé, qui l'avait visitée deux ou trois fois. Jean-Baptiste, arrêté en face de la maisonnette, avait regardé bien des fois les vitres derrière lesquelles les rideaux de calicot blanc dressaient leur mystère impénétrable... Jamais il n'avait osé frapper à la porte, tant il respectait la douleur de l'orpheline, et peut-être aussi la chaste solitude de la jeune fille sans défense.

Un mercredi soir, cependant; la porte se

trouva ouverte aux rayons du soleil couchant,
et le jeune pêcheur hasarda de s'en approcher.
Bonne-Marie l'attendait sans doute, car elle ne
témoigna point de surprise à sa vue. Debout
au milieu de la salle basse, elle empilait des
effets dans une petite malle placée sur la table
de chêne.

— Bonsoir, Bonne-Marie, dit Jean-Baptiste,
resté sur le seuil. Est-ce vrai que tu t'en vas?

— Bonsoir, répondit la voix musicale de la
jeune fille. Après un silence elle ajouta à voix
basse : — Oui, je m'en vais.

— Où donc?

Elle hésita un instant.

— A Cherbourg, répondit-elle en détournant
la tête; mais son col couvert de rougeur indiquait la gêne que lui causait un mensonge. Le
jeune homme entra et vint se placer en face
d'elle.

— Tu ne vas pas à Cherbourg seulement,
dit-il avec tristesse : de là tu iras à Paris.

Bonne-Marie inclina silencieusement la tête

et continua à presser le linge et les effets dans le petit coffre.

— Pourquoi vas-tu à Paris? continua le pêcheur de la même voix douce et résignée; tu serais heureuse ici, je travaillerais pour toi, tu serais comme une reine, occupée seulement à tes fleurs et à ton ouvrage...

— Je ne peux pas, répondit la jeune fille; tu sais que je n'aimais pas beaucoup le pays : après ce qui s'est passé, il me fait horreur, il me fait mal. Chaque pierre des murailles, chaque pointe de roche me rappelle le malheur... je ne puis supporter cela plus longtemps.

Elle se tut, et ses mains restèrent inactives un moment; deux larmes tombèrent sur le châle noir qu'elle venait de plier.

— Soit, soupira Jean-Baptiste. Mais... tu reviendras?

Bonne-Marie regarda vaguement par la porte entr'ouverte qui laissait passer un gai rayon de soleil.

Des milliers de poussières lumineuses montaient et descendaient dans la clarté dorée qui venait mourir obliquement au bord de sa robe de deuil; le soleil parlait d'espérance et de vie... un soupir gonfla sa jeune poitrine ambitieuse.

— Peut-être! répondit-elle avec un demi-sourire.

Jean-Baptiste resta un moment silencieux, la tête basse, ruminant en lui-même quelque dureté, provoquée par sa colère d'amant blessé; puis il se rapprocha d'un pas et regarda Bonne-Marie bien en face.

— Écoute, lui dit-il, tu reviendras : non pas roulant carrosse, orgueilleuse, avec de beaux habits comme tu l'espères... non, tu reviendras pauvre, triste, fatiguée, malade peut-être. Tu reviendras ici comme le lièvre revient au gîte; tu seras moins fière qu'à présent, Bonne-Marie, — et nous, qui sait si nous n'aurons pas changé?

Elle le regarda d'un air de défi. Les paroles

du jeune homme l'avaient blessée. Il le comprit.

— Oui, la vérité te fâche, reprit-il du même ton, mais avec plus de douceur dans la physionomie, et pourtant c'est la vérité. Tu reviendras ici parce que tu ne sauras où aller, que Paris te pèsera comme Omonville te pèse, parce que...

Il s'arrêta, craignant d'en trop dire, et reprit avec la douceur résignée qui faisait le vrai fond de sa nature :

— Je ne sais pas si les autres auront changé, Bonne-Marie, cela se peut, — mais moi, je ne changerai pas.

Le silence régna dans la salle basse, pendant que tous deux, restés immobiles, semblaient écouter quelque arrêt muet du destin.

— Quand pars-tu? demanda enfin le jeune homme.

— Demain matin, répondit Bonne-Marie en fermant le couvercle de sa valise. Sa fermeté lui revint avec cet acte, prélude de sa vie nouvelle, et elle regarda Jean-Baptiste en face.

— Sois heureuse! lui dit-il. Adieu.

— Adieu, répliqua-t-elle.

— Veux-tu me permettre de t'embrasser?

Ils étaient seuls, et pourtant Jean-Baptiste était si sérieux, son visage si honnête, que la jeune fille n'eut pas la pensée de refuser. Leurs joues se touchèrent trois fois, selon la mode de ce pays où l'on ne s'embrasse pas, à proprement parler, et le jeune homme sortit aussitôt sans regarder derrière lui.

Le lendemain, le soleil était levé depuis une heure dans un ciel resplendissant, ouaté çà et là de petits nuages dorés, lorsque la lourde voiture d'Omonville, traînée par deux chevaux encore à demi endormis, commença à gravir lentement la rude montée de la route de Cherbourg. Suivant l'usage, afin de ménager les bêtes, les voyageurs gravissaient cette côte à pied; ce jour-là, Bonne-Marie était seule avec le conducteur, vieux bonhomme grognon. En passant à l'endroit où elle avait eu sa der-

nière conversation avec le sous-brigadier, la
jeune fille ne put réprimer un frisson douloureux; involontairement ses yeux se portèrent
sur la haie où souriait naguère le visage malicieux de Jean-Baptiste : il était là, cette fois
encore, mais pâle et transfiguré par sa peine,
et la regardant avec des yeux pleins d'angoisse.

Elle lui fit un geste de la main. Malgré elle,
un peu de pitié se glissa dans son dernier
regard.

— Allons, mademoiselle, dit le vieux conducteur maussade, vous décidez-vous à monter?

Elle s'assit dans la voiture, qui partit au petit
trot avec un bruit de ferrailles, et Jean-Baptiste, après l'avoir vue disparaître au détour
du chemin, s'en retourna chez lui. Après avoir
rôdé quelques instants dans sa maison sans
trouver de lieu qui pût lui plaire, il se dirigea
vers son bateau de pêche et leva l'ancre.

— A marée basse! lui cria un gamin; vas-tu
pêcher des crabes avec ton bateau?

4

Sans faire attention à cette raillerie, Jean-
Baptiste s'en alla à force de rames vers la
haute mer et mit à la voile. Grâce au vent et
au courant favorables, il s'avança assez vers
l'est pour apercevoir, une heure après, la voiture jaune qui glissait comme une tortue sur la
côte de Landemer. Mais cette consolation était
la dernière. La voiture disparut entre deux
haies, et le jeune pêcheur n'eut plus d'autre
ressource que de jeter ses filets jusqu'à l'heure
où le jusant le ramènerait à Omonville.

Le curé avait remis à Bonne-Marie des
lettres de recommandation pour deux ou trois
dames de Cherbourg; de son côté, la jeune
fille était décidée à s'adresser à son ancienne
maîtresse de pension. Avec tout cela, pensait-
elle, on lui trouverait bien à Paris une petite
place. De servante? non certes! mais de sous-
maîtresse quelque part, d'institutrice dans une
famille peut-être, et ensuite... ensuite appartenait à la Providence.

Après deux jours passés à recueillir des

adresses et des conseils excellents, mais impra-
ticables, Bonne-Marie s'approcha timidement
de la gare, prit son billet avec toutes les bévues
et les hésitations ordinaires aux néophytes, et,
le lendemain matin, après une nuit sans sommeil, elle arrivait à Paris.

Après l'ahurissement de la première heure,
après le déjeuner hâtif pris dans une crèmerie,
asile ordinaire des cochers et des camion-
neurs, où sa beauté lui valut quelques compliments qui semblèrent à Bonne-Marie autant de
coups de fouet en plein visage, la jeune fille
se trouva dans la rue du Havre, où le soleil du
matin dorait les balcons chargés de verdure
des hautes maisons de pierre. Le bruit des
voitures s'était un peu calmé après le fracas
des arrivées successives des trains de province; une sorte d'animation paisible avait
remplacé le va-et-vient du réveil; Bonne-Marie
se dirigea vers la Madeleine, mi-triste, mi-
joyeuse, le cœur plein d'appréhensions et
d'espérances, mais surtout d'espérances.

Le pensionnat dont mademoiselle Beslin
avait l'adresse se trouvait dans le quartier des
Champs-Élysées; à l'aide de quelques rensei-
gnements glanés çà et là, la nouvelle débarquée arriva sans trop de peine devant la
porte monumentale, peinte en vert foncé, au-
dessus de laquelle se dressait l'inscription :
« Institution Bocard. » La sonnette, à peine
touchée par Bonne-Marie, fit retentir une
énorme cloche; un chien aboya formidablement avec la voix de basse-taille la plus impo-
sante, et au moment où la jeune fille, après
une longue attente, le cœur palpitant et désolé,
pensait qu'elle aimerait mieux ne jamais entrer
que de toucher encore une fois à ce bouton
qui faisait résonner tant de bruits épouvanta-
bles, la porte s'entr'ouvrit, et le nez pointu
d'une concierge maigre et correcte à l'excès
parut à la hauteur des yeux de Bonne-Marie.

— Que désire mademoiselle? fit la tourière
en dévisageant de la tête aux pieds la provinciale fraîchement débarquée, dont la mise

simple et le grand deuil villageois n'annonçaient
pas une grande fortune.

— Je voudrais parler à mademoiselle Bocard.

— On ne voit pas Mademoiselle à cette
heure-ci; elle prend son chocolat, dit le nez
pointu d'un ton peu poli.

— J'ai une lettre, répliqua Bonne-Marie
avec tant de hauteur que la concierge se sentit
distancée.

— Mademoiselle reçoit à midi, dit-elle avec
plus de politesse. Si vous voulez me donner
votre lettre, je vais...

— Non, merci, répondit Bonne-Marie, se
souvenant qu'on lui avait bien recommandé de
voir elle-même les personnes auxquelles elle
était adressée.

Sa prudence acheva de ramener la concierge
à des sentiments humains.

— Si vous voulez revenir à onze heures,
dit-elle, j'aurai prévenu Mademoiselle.

— C'est bien, fit Bonne-Marie avec un petit

signe de tête, et elle tourna le dos à la tourière ébahie, qui la prit aussitôt pour une com-
tesse étrangère, désireuse de se rendre compte
incognito de l'état de la pension avant d'y
prendre un pied-à-terre.

Trois heures sont longues à remplir quand
on n'a rien à faire et qu'on se sent is .é. Lasse
de sa nuit sans sommeil, enfiévrée par la route
et l'émotion, Bonne-Marie gagna un massif
de verdure qu'elle aperçut au bout d'une rue,
et se trouva dans les Champs-Élysées. Elle
s'assit sur un banc, au milieu des massifs toujours renouvelés de fleurs et de plantes exoti-
ques, et regarda de tous ses yeux.

C'est là qu'était la vie de son rêve! C'est au
milieu de ces fleurs parfumées, de ces eaux
jaillissantes, car les pommettes des arrosoirs
fixes répandaient sur les gazons, empoussiérés
la veille, la fraîcheur et la joie de leurs gouttes
d'eau; c'est entourée de cette architecture
fantaisiste des cafés-concerts et des restaurants
que devait se dérouler la vie heureuse de

Bonne-Marie! Elle n'avait donc pas vainement
rêvé! Il existait quelque part des jardins féeri-
ques, des équipages somptueux; des chevaux
fougueux, à grand'peine retenus par un pale-
frenier, piétinaient dans d'autres allées que
celles de son cerveau! Bonne-Marie sentit son
cœur se gonfler de joie et d'orgueil : elle avait
deviné Paris!

Quelques vieux beaux passèrent à cheval, se
dirigeant vers le Bois; mais leurs regards ne
devinèrent pas la jolie personne cachée dans
un massif d'azalées; deux ou trois fois des
jeunes gens passèrent aussi, en groupes ani-
més, mais toujours irréprochablement corrects.
Bonne-Marie les vit de loin : — Voilà, se dit-
elle, le monde dans lequel je dois vivre!
Aucune impatience ne l'agitait plus; elle avait
mis la main sur sa chimère, la tenait par les
ailes et la sentait palpiter sous ses doigts.

Onze heures sonnèrent quelque part; cette
sonnerie claire, se détachant au-dessus du
murmure toujours croissant de la ville en plein

courant d'activité, tira Bonne-Marie de sa con-
templation. Elle se leva avec quelque peine,
tant ses membres étaient engourdis par la
fatigue, et reprit le chemin de la pension.

Elle fut reçue cette fois par mademoiselle Bocard. Celle-ci était aussi souriante que
sa concierge l'était peu; en elle tout était
arrondi : les gestes, les angles, le sourire; elle
était moelleuse comme un tapis d'Orient. Bonne-
Marie fut éblouie par cette amabilité souriante,
et se crut sur le seuil du paradis.

— Vous désirez donc trouver une place,
mon enfant? demanda la directrice avec bonté.
C'est M. M... qui vous adresse à moi, le respectable curé de la Trinité?

— Oui, mademoiselle, répondit la jeune
fille en levant ses yeux enhardis sur la vieille
demoiselle.

— Ah! on me dit beaucoup de bien de vous,
beaucoup. Vous avez récemment perdu votre
père?

Bonne-Marie fit un signe affirmatif; il lui en

coûtait de sentir une main étrangère effleurer cette blessure récente.

— Un accident, n'est-ce pas, une méprise?

Les yeux pleins de caresses de mademoiselle Bocard fouillaient tendrement jusqu'au fond de l'âme de Bonne-Marie et lui auraient infailliblement arraché ses secrets si elle en avait eu, grâce au miel de la persuasion, qui a si souvent ressemblance avec la glu.

Mais, grâce à son deuil récent, mademoiselle Beslin put s'abstenir de répondre. La directrice la regarda avec plus de douceur encore.

— Vous avez votre brevet de capacité? Vous voudriez être sous-maîtresse? Mais connaissez-vous les devoirs de cet emploi?

— Je l'espère, mademoiselle, répondit Bonne-Marie; j'ai été huit ans en pension.

— Quel déplorable accent cherbourgeois! pensa mademoiselle Bocard; il n'y a rien à faire d'elle. Cependant, elle continua à sourire en pensant que peut-être la nouvelle venue ne

demanderait pas d'appointements, moyennant
quoi elle renverrait une jeune fille récemment
entrée pour garder les petites, et qui n'avait
qu'un défaut, celui de coûter vingt-cinq francs
par mois.

— Vous avez quelque fortune, sans doute?
insinua mademoiselle Bocard; c'est pour vivre
dans une maison respectable et vous perfectionner dans vos études que vous désirez vous
placer?

Bonne-Marie avait compris; son bon sens
de Normande lui avait fait flairer le piége; elle
répondit, tout en pressant secrètement sur sa
poitrine le petit portefeuille qui contenait les
deux billets de mille francs trouvés dans la
paillasse de son père :

— Je désire me perfectionner en toutes
choses, mademoiselle, mais je n'ai pas de fortune, et, pour vivre, je ne dois compter que
sur mon travail.

Il n'est personne qui n'ait vu se refermer un
battant de porte minuscule sur le coucou qui

vient de chanter l'heure à la petite horloge de
la forêt Noire. Si coutumier que l'on soit de
cette brusque disparition, elle ne laisse cependant pas de surprendre tant soit peu. Ainsi
disparut le sourire de mademoiselle Bocard.

— Malheureusement, dit-elle, notre personnel est au complet.

Si Bonne-Marie avait levé sur elle ses beaux
yeux pleins de larmes, en joignant des mains
suppliantes; si elle l'avait implorée de la sauver
de la misère, peut-être la directrice eût-elle
consenti à l'admettre par pure bonté, à la
place de l'autre, celle qui coûtait vingt-cinq
francs par mois, à condition, bien entendu, que
la nouvelle venue ne recevrait point d'appointements. Mais il n'en fut rien. Mademoiselle Beslin se leva, salua mademoiselle Bocard avec une grâce et une dignité qui firent
impression sur celle-ci, et se dirigea vers la
porte.

— Quel joli maintien! pensa la directrice,
mais quel affreux accent! — Revenez dans

quelques mois, dit-elle tout haut, au moment
des vacances; il se sera peut-être alors produit
quelques modifications dans notre personnel.

— Je vous remercie, mademoiselle, dit
Bonne-Marie avec cette grâce hautaine qu'elle
avait trouvée dans son berceau, et elle sortit.

Machinalement, elle retourna aux Champs-
Élysées; l'aspect de la promenade avait déjà
changé : il y passait plus de voitures, les chevaux de selle avaient disparu, la poussière commençait à monter, les équipages qui passaient
n'étaient point armoriés, c'étaient de simples
voitures de place, des calèches de louage con-
tenant des provinciaux ou des étrangers
empilés les uns sur les autres et admirant, de
huit heures du matin à onze heures du soir, les
beautés de la capitale. Tout d'un coup, Bonne-
Marie s'aperçut que sa mise ressemblait à celle
de ces provinciales ridicules; la vue d'une
femme en grand deuil qui venait à sa rencontre
la fit s'arrêter. Cette femme marchait vite,
d'un pas régulier; sa robe sans ornement, son

châle de cachemire noir étaient semblables à ceux de Bonne-Marie; son petit chapeau de crêpe noir avec un long voile n'avait pas dû coûter plus cher que le bonnet copieusement enrubanné de la provinciale, et quelle différence cependant dans les plis de la robe, dans l'agencement du châle, dans la pose du chapeau!

— Je suis ridicule, se dit la jeune fille, mais cela ne durera pas longtemps.

Elle s'était fait donner à Cherboug l'adresse d'un petit hôtel, tenu par d'honnêtes gens; elle s'y rendit; car, si son âme était indomptée, son corps commençait à défaillir. Sa mine sérieuse la fit bien accueillir; la maîtresse du logis prit tout de suite à gré cette jolie fille qui venait gagner sa vie si courageusement, et, de ce côté du moins, Bonne-Marie se sentit à l'abri des misères qui attendent les femmes sur le pavé glissant de Paris.

Elle reprit ses courses dès le jour même. Les

5

hasards des adresses données la conduisirent
dans tous les quartiers de la ville; partout elle
obtint le même résultat, sinon le même accueil.
Dans une maison d'éducation, cependant, on
lui proposa de tenir une classe d'externes
moyennant vingt francs par mois; on lui donnerait le déjeuner, mais elle devrait subvenir
elle-même à son dîner et à son logement. Elle
sortit indignée d'une telle rapacité et se deman-
dant de quoi vivaient les femmes qui subis-
saient de pareilles conditions.

Deux semaines s'étaient écoulées, Bonne-
Marie avait épuisé la liste de ses lettres de
recommandation, et, de plus, elle avait été à
vingt maisons sur la foi des journaux ou *Petites-
Affiches*. Elle commençait à penser sérieusement à entrer en service, lorsque l'idée lui
vint d'employer ses talents pour la tapisserie.

C'est alors que la jeune fille connut le néant
des choses humaines : on lui offrit vingt francs
pour faire une tapisserie qui en vaudrait cinq
cents; encore devrait-elle laisser en dépôt une

somme représentant la valeur des matériaux
qu'on lui confiait. A la quatrième tentative,
voyant qu'elle obtenait partout le même résultat, Bonne-Marie découragée, la mort dans
l'âme, vit qu'elle ne saurait jamais s'arranger
pour vivre de son travail à Paris.

— Comment faire ? se demandait-elle tristement en longeant les quais. Où trouver le
pain quotidien, l'asile de chaque soir, la sécurité du lendemain?

En revenant de ses courses infructueuses,
elle s'arrêtait chaque jour aux Champs-Élysées.
C'est là qu'elle reprenait des forces, comme
Antée en touchant la terre; la vue de ce mirage
lui donnait l'illusion de la terre promise. Son
deuil et la sévérité de sa tenue lui épargnaient
maints désagréments que, moins sérieuse, elle
n'eût pas évités. Tous les jours donc, entre
trois et cinq heures, elle s'asseyait sur un
banc, auprès des nourrices resplendissantes
et des bébés vêtus de piqué blanc, et elle
regardait rouler le flot incessant de prome-

neurs et d'équipages que le courant de cette
heure emmène au Bois.

Un jour, le banc où elle s'asseyait d'ordinaire était occupé par une société de province;
elle fit quelques pas de plus et se trouva en face
d'un de ces cafés-concerts qui attirent chaque
soir les désœuvrés et ceux qui n'aiment pas leur
appartement; la classe de ceux-ci est plus nom-
breuse qu'on ne le croit; parmi les gens qui
battent le pavé de Paris, de cinq heures à
minuit, il s'en trouve plus de la moitié qui
redoutent tout simplement de se trouver dans
la solitude désobligeante d'un logis où rien ne
plaît, car rien n'est fait pour y plaire.

Bonne-Marie fit encore quelques pas et s'assit
sur un autre banc, situé au bord d'un ruban
de bitume conduisant de l'avenue à un café
chantant nouvellement ouvert et déjà fort à la
mode. Les mains à demi ouvertes sur ses
genoux, elle se laissait aller à une rêverie
douloureuse : son petit trésor était sérieusement entamé, l'automne viendrait, que ferait-

elle lors des mauvais jours? Faudrait-il rentrer
à Omonville, y retourner piteusement comme
une armée vaincue qui rentre l'oreille basse
dans ses foyers, et s'exposer aux brocards des
mauvaises langues...?

L'orgueil de la jeune fille la fit se redresser
vivement comme si un étranger lui avait jeté
une insulte.

— Jamais! se dit-elle, jamais!

On répétait au café-concert, car déjà plusieurs femmes, un rouleau de musique à la main,
avaient passé devant mademoiselle Beslin;
leur toilette n'avait rien de remarquable, leur
allure était celle de la Parisienne affairée;
Bonne-Marie était loin de soupçonner que ces
femmes, si semblables aux autres, paraissaient,
le soir, des êtres surhumains aux provinciaux
ébahis. Deux ou trois jeunes gens, qui semblaient attendre quelqu'un, se tenaient debout
sur le bitume et causaient entre eux, leur rouleau de musique sous le bras.

— La diva! voici la diva! dit l'un d'eux en

indiquant du regard un coupé qui venait de
s'arrêter au bord du trottoir.

Ils se rangèrent en haie, moitié railleurs,
moitié respectueux, pour saluer la jeune femme
qui descendait de voiture. L'équipage fit un
demi-tour pour s'éloigner, et la diva, saluant
ses camarades d'un signe de tête collectif, se
dirigea rapidement vers le café-concert, en
relevant légèrement d'une main ses longues
jupes de soie et de dentelle.

Bonne-Marie regardait cette scène d'un air
fatigué; la lassitude morale aussi bien que
physique lui rendait tout indifférent, sinon
odieux; elle trouvait cette femme insolente et
ces hommes bêtes.

— La jolie blonde! dit à demi-voix un des
jeunes gens, en attirant l'attention de la Diva
sur mademoiselle Beslin.

La jeune chanteuse tourna ses beaux yeux
noirs un peu durs sur Bonne-Marie, fit un geste
de surprise et resta immobile. Bonne-Marie à
son tour leva sur elle son regard dédaigneux.

— Pardon, mademoiselle, dit la chanteuse
en hésitant, vous ressemblez étonnamment à
une de mes compagnes de pension.

Elle se préparait à continuer son chemin non
sans un reste d'indécision ; Bonne-Marie se leva
brusquement.

— Clotilde ! s'écria-t-elle, tu as donc fait
fortune !

Ce cri naïf provoqua plus d'un sourire sur
les lèvres des passants. Clotilde prit gaiement
son parti de cette incongruité.

— Mais, tu le vois, dit-elle en riant. D'où
viens-tu, Bonne-Marie ? Comment es-tu ici ?

— Je n'ai pas fait fortune, moi ! dit mademoiselle Beslin avec un sourire forcé.

— Et tu voudrais réparer cette négligence
du destin ? interrompit son ancienne amie ; cela
se peut. Mon Dieu, que tu es jolie ! Tu es en
deuil ?

— On attend mademoiselle Clotilde pour
commencer la répétition, — vint dire un personnage râpé, qui appartenait à la troupe et

non à l'établissement, cela se voyait clairement,
car il paraissait fort mal nourri, surtout auprès
des garçons de café.

Mademoiselle Clotilde haussa les épaules.

— On y va! fit-elle d'un air de mauvaise
humeur. Où demeures-tu, Bonne-Marie?

Celle-ci indiqua son petit logement.

— Mais on ne demeure pas là dedans! fit la
chanteuse avec une moue. Je ne peux pas aller
dans cette boîte-là! Viens me voir.

— Quand? demanda Bonne-Marie, dont le
cœur battait étrangement.

— Demain matin, onze heures... La diva
jeta une carte à son amie, lui fit un signe de
tête amical et disparut parmi les bosquets de
fusains et d'ilex.

Restée seule, Bonne-Marie regarda la carte
qui portait ces mots :

MADEMOISELLE CLOTHILDE

Artiste dramatique.

— Artiste dramatique! répéta la jeune fille.

C'est donc au théâtre qu'on fait fortune? Eh bien, pourquoi pas?

Elle revint à son petit logis, et, soudain, tout lui parut changé. La vieille commode d'acajou, style Empire, l'indienne fanée des rideaux, le linge de coton grossier et pelucheux qui lui avait toujours semblé horrible, auprès de la toile de fil seule en usage dans sa province, tout ce qui l'entourait lui fit dégoût. Le dîner lui sembla nauséabond; l'odeur de la cuisine lui faisait mal au cœur; le bruit de la salle de restaurant lui faisait mal aux oreilles jusque dans la petite salle retirée où elle prenait son repas par faveur spéciale avec les hôtes et leurs enfants: tout cet ensemble pauvre et mesquin lui parut sordide. Quelle différence avec la robe de soie, l'allure élégante de Clotilde, avec le parfum délicat qui s'exhalait de sa personne?

Bonne-Marie passa une mauvaise nuit. Dès l'aube, fiévreuse, inquiète, elle était debout, cherchant à donner le plus d'apparence possible à ses simples vêtements de deuil. Bien avant

5.

l'heure, elle se mit en route pour le quartier
des Ternes où demeurait sa brillante amie; elle
eut tout le loisir d'admirer maint hôtel somptueux. Les fenêtres voilées de guipure, les
meubles à peine entrevus, les glaces qui jetaient
leurs reflets sur les stores à l'italienne, baissés
contre l'ardeur du soleil d'août, tout cela l'atti-
rait et lui reparlait de son rêve ambitieux.
Enfin onze heures sonnèrent, et elle tira le bouton de la porte peinte en gris clair d'une maison mignonne et coquette. Une soubrette vint
ouvrir, et Bonne-Marie se trouva dans un petit
salon qui réalisait toutes ses rêveries.

Ce n'était que de la cretonne, mais tout cela
si joli, si coquet! La boiserie, peinte en gris
clair avec de minces baguettes d'or, était
rehaussée par des rideaux et des portières
rouges; les meubles de Boule s'harmonisaient
avec le ton soutenu des étoffes; des fleurs et de
la verdure mettaient des oppositions sombres
partout où l'on avait pu nicher un vase et un
cache-pot, et deux glaces, en face l'une de

l'autre, répétaient à l'infini la silhouette d'un lustre de cristal. Bonne-Marie resta interdite de tant de splendeurs encore inconnues.

— C'est gentil, hein? dit Clotilde derrière elle.

La jeune provinciale se retourna vivement.

— C'est superbe! dit-elle. Est-ce que ça t'a coûté cher?

Clotilde sourit, haussa les épaules et entraîna son amie sur un petit canapé.

— Raconte-moi ton histoire, dit-elle, car tu dois avoir au moins un roman dans ta vie, sans quoi tu ne serais pas ici!

—Je n'ai pas de roman, soupira Bonne-Marie.

Elle raconta à Clotilde les événements qui l'avaient rendue maîtresse de son sort; elle lui dévoila tout au long les mystères de sa jeunesse ambitieuse; devant Clotilde elle n'avait pas de honte, car celle-ci, arrivée maintenant au but que convoitait mademoiselle Beslin, devait avoir connu les mêmes chagrins et les mêmes aspirations.

— Pas le plus petit roman? insista la chanteuse.

Bonne-Marie fit un signe négatif, tout en
rougissant, car sa conscience lui reprochait de
mépriser Jean-Baptiste au point de le renier;
mais le pauvre pêcheur n'était pas un sujet à
fournir aux railleries de sa brillante amie.

— Eh bien! fit joyeusement Clotilde en frappant ses deux mains l'une contre l'autre, on
peut dire que c'est une aventure originale!
Venir à Paris seulement pour être riche, et
espérer y parvenir par son travail!

— Mais toi? demanda Bonne-Marie, c'est
ton talent qui t'a donné toutes ces jolies choses?

Clotilde sourit et ne répondit pas sur-le-
champ.

— Tu dois gagner énormément d'argent?
insista la jeune provinciale.

— Certainement! fit Clotilde en se levant;
viens déjeuner.

La salle à manger respirait le même air de
confort élégant sans prétention qui est le véri-

table luxe de ceux qui n'ont pas des millions
à jeter par les fenêtres. Rien ne ressemblait
moins à un château féodal que cette jolie bonbonnière, mais tout ce que l'esprit moderne a
introduit de recherche dans le bien-être s'y
trouvait à point nommé sans qu'il fût besoin
d'autre effort que de tendre la main.

Les deux jeunes femmes assises l'une en face
de l'autre causaient joyeusement tout en goû-
tant à mille friandises qui faisaient ouvrir de
grands yeux à Bonne-Marie; la fenêtre donnait
sur le jardin feuillu d'un grand hôtel voisin;
le soleil, tamisé par un store, filtrait çà et là, et
mettait une paillette dorée au flanc des carafes
de cristal et sur les reliefs de l'argenterie.

Mademoiselle Beslin sentait peu à peu le
bien-être de la vie facile et des heures d'oisiveté
élégante se glisser dans son âme désarmée. Clotilde lui racontait son histoire — en termes
généraux — et la provinciale ambitieuse écoutait, les yeux grands ouverts. Les débuts de la
Diva, les premiers triomphes, l'émotion des

applaudissements, tout ce vin capiteux de la célébrité lui montait au cerveau et lui donnait une sorte d'ivresse.

— Mais, dit Bonne-Marie après un instant de réflexion, comment as-tu eu l'idée de débuter?

Clotilde sourit légèrement, en jouant avec un fruit resté sur son assiette.

— On m'y a fort encouragée, dit-elle avec un mouvement d'épaules mutin qui lui avait valu la moitié de son premier succès.

— Qui donc? insista la curieuse naïve.

— Un homme d'esprit.

— Où avais-tu fait sa connaissance?

— A l'église.

— A l'église! répéta Bonne-Marie. C'est ça qui est un roman!

— Pas le moins du monde, reprit légèrement Clotilde. Tu sais que j'étais venue à Paris pour donner des leçons de piano et de chant dans un pensionnat.

— Eh bien?

— Eh bien, j'avais une très-belle voix — je l'ai toujours — et non-seulement on me payait très-peu les leçons que je donnais pendant huit heures de la journée...

— Combien? insista Bonne-Marie, toujours désireuse de s'instruire.

— Quarante francs par mois, nourrie, blanchie et couchée au dortoir des petites, avec la surveillance la nuit. Oh! mais nourrie, quelle nourriture! et blanchie, quel blanchissage! Et les petites, quelle bénédiction!

Clotilde se renversa sur sa chaise en riant aux éclats. Bonne-Marie ne put s'empêcher de rire aussi, mais un retour mélancolique sur elle-même la ramena à ses questions pratiques.

— Eh bien, non-seulement tu donnais des leçons, mais...

— Mais on me fit chanter à l'église de la paroisse le soir, pendant le mois de Marie! Ah! ma chère, ce fut une révolution! Jamais les bonnes dames qui venaient là le soir n'avaient rien entendu de pareil; elles y amenèrent leurs maris. Un journaliste passait par là; il le mit dans son journal, et voilà qu'un beau soir l'église se trouva trop petite pour les amateurs; ce n'était plus une église, c'était un concert!

— Eh bien! et ta maîtresse de pension? qu'est-ce qu'elle disait?

— Elle disait que c'était immodeste — retiens bien ce mot-là pour t'en servir à l'occasion — et un beau soir elle me signifia que je n'irais pas au mois de Marie.

— Pourquoi?

— Parce que... je ne sais pas trop pourquoi, c'est-à-dire quelle était la plus grosse de ses raisons, mais elle en avait au moins trois. La première, c'est qu'elle craignait de me voir apprendre que quarante francs par mois et coucher avec les petites, ce n'était pas tout à fait assez pour payer les services que je lui rendais. La seconde, c'est qu'elle était jalouse de moi.

— De quoi?

— De tout ! de ma beauté, répondit orgueil-
leusement Clotilde en levant fièrement sa belle
tête brune, de mon talent, de mon intelligence.
La troisième raison... la troisième, ah ! la troisième, fredonna la diva sur l'air de Pâris dans
la *Belle Hélène,* je ne la sais plus, la troisième,
mais il devait y en avoir une, probablement la
meilleure, puisqu'elle n'avait ni queue ni tête ;
toujours est-il qu'à huit heures moins un quart,
comme je descendais le chapeau sur la tête
pour accompagner les pensionnaires au mois
de Marie, elle me défendit d'y aller.

— Eh bien, que fis-tu ?

— Je la saluai poliment, je passai devant
elle et j'allai droit à l'église, où je pris ma place
comme à l'ordinaire. Elle n'avait pas prévu le
cas, si bien qu'il lui fallut aller chercher son
chapeau, et quand elle entra dans la chapelle,
se dirigeant du côté de la maîtrise, sans doute
pour me faire défendre de chanter, j'entonnais
l'*Ave, maris stella.* Ah ! ma chère, soupira Clotilde, je crois que je n'ai jamais si bien chanté.

— Je comprends cela! fit Bonne-Marie avec
élan. Et alors?

— Et alors, le journaliste qui avait parlé de
moi se trouvait là. A la sortie, il m'attendait
sur les marches, et il me fit des compliments,...
des compliments à m'en tourner la tête; en
même temps il me remit sa carte, en disant de
m'adresser à lui si l'occasion s'en trouvait. Je
le remerciai et je pris la carte. Comme je son-
nais à la grille de la pension, car j'étais un
peu en retard, et les élèves étaient rentrées
depuis un moment, la bonne m'ouvrit la
porte en me barrant le passage et me remit
mon petit paquet d'effets avec l'argent de mes
gages enveloppé dans du papier. J'étais remer-
ciée, ou, pour mieux parler, on me mettait à
la porte! — sans certificat, je te prie de le
croire!

Bonne-Marie, consternée, regardait son amie,
qui se prit à rire.

— Oui, je ne riais pas dans le moment. Je
dormis cette nuit-là dans un garni plein de

puces, et le lendemain matin j'étais chez le
journaliste, un bien charmant garçon.

— Vieux?

— Jeune! aimable et bon, pas prétentieux
du tout, qui se mit à me chercher une position.
Il ne la trouva pas, mais en attendant je
chantai dans quelques églises, grâce à ses
recommandations, et puis je rencontrai un jour
chez lui à déjeuner...

— Ah! tu déjeunais chez lui?

— Quelquefois...; je rencontrai un quidam
qui montait une troupe de café-concert. On me
fit chanter mes cantiques, ils trouvaient ça
drôle; et puis on me fit déchiffrer une chanson
sentimentale. Ils en restèrent tous ébahis, et
de chanson en chanson j'en suis venue à jouer
l'opérette, et l'on dit, ma foi, que je la joue
très-bien!

— Tu m'emmèneras pour que je t'entende?
fit Bonne-Marie tout d'une haleine.

— Tout de suite si tu veux, répondit la diva
en courant à son piano dans la pièce voisine.

Elle entama le grand air d'une opérette alors
fort en vogue avec tant de maestria, avec une
voix si puissante, si riche, que Bonne-Marie
sentit un petit frisson passer sur elle. Mais la
drôlerie des paroles, les intonations railleuses
qui faisaient les succès de ce temps-là plon-
gèrent notre ambitieuse dans un étonnement
sans bornes.

— Comment? tu chantes de ces chansons-là
devant le monde! dit-elle tout effarouchée, au
moment où la diva, faisant tourner le tabouret
de piano sur lui-même, se plantait en face
d'elle, les mains jointes sur ses genoux dans
une attitude d'un comique irrésistible.

— Ils aiment ça! fit Clotilde en clignant de
l'œil. Viens voir tous les petits pots, les petits
crayons, les petites machines dont j'ai le soin
de peindre et d'orner mon visage; c'est ça qui
est drôle! Comme si je n'étais pas assez jolie
telle que le bon Dieu m'a faite!

Bonne-Marie, abasourdie, avec un certain
frémissement, comme quelqu'un qui se sent

tomber en péché, suivit son amie dans le cabinet de toilette et assista à l'exhibition des articles
de parfumerie dont Clotilde ne lui épargna aucun
détail. La diva, devenue Parisienne, trouvait
un plaisir extraordinaire, une saveur originale
à suivre les impressions de son amie : il lui
semblait revivre les instants de sa vie où, elle
aussi, avait passé de l'ignorance la plus absolue
à la possession parfaite de toutes les roueries
de sa nouvelle existence.

Après une longue causerie, où Clotilde avait
toujours répondu et Bonne-Marie toujours ques-
tionné, un silence se fit, et les deux amies, pelo-
tonnées chacune dans un coin de la causeuse,
s'entr'examinèrent avec une curiosité redou-
blée par leur récente intimité.

—Et toi, que vas-tu faire? dit enfin Clotilde,
quand elle eut terminé mentalement l'inven-
taire de la personne de son amie et qu'elle l'eut
déclaré satisfaisant.

— Je n'en sais rien! fit la jeune fille avec un
geste de découragement.

— Sais-tu chanter? tu chantais autrefois !

— Je chante encore, pas souvent.

— Chante·moi quelque chose! s'écria Clotilde en retournant au piano.

— Je ne sais rien, rien que nos vieilles romances de pension.

— Chantes-en une, ce sera drôle.

Bonne-Marie commença d'une voix tremblante une de ces niaiseries poétiques qui font le répertoire des établissements d'éducation de demoiselles. Peu à peu sa voix se raffermit, et entraînée par l'émotion de cette journée bizarre, elle donna à ces fadeurs une sorte d'expression vivante; faute de pouvoir galvaniser les idées, absolument absentes, elle anima les mots et finit par leur donner un sens idéal.

— Comme tu chantes cela! s'écria Clotilde : je serais incapable d'en faire autant.

— Pourquoi te moquer de moi? fit Bonne-Marie avec reproche.

— Mais, grande *niolle,* répliqua Clotilde, employant un mot du pays, je ne me moque pas! C'est positif, je serais incapable de chanter cela comme toi. Tu as une manière de prononcer : « le ciel, les oiseaux et les fleurs », que je n'attraperais pas en cent ans d'études ; il faut avoir senti cela. Tu passais ton temps à rêver, dis?

— Oui! répondit l'Omonvillaise en rougissant.

— Et tu n'aimes personne?

— Personne. Et toi?

Clotilde sourit et roula sur son doigt une de ses boucles de jais qu'elle rejeta sur son épaule.

— J'aime quelqu'un, dit-elle.

— Qui est-il?

— Il est riche; c'est un homme d'affaires.

— Jeune?

— Oui! Je déteste les vieux, et puis on n'est jeune qu'une fois!

Bonne-Marie leva sur son amie des yeux qui prouvaient que son intelligence était peu ouverte encore sur bien des points.

— Et tu le vois? dit-elle avec hésitation.

— Mais oui, il va venir dîner.

— Et... tu l'épouseras?

Clotilde eut un petit rire mécanique et forcé qui sembla bien singulier à son amie.

— Pour cela, dit-elle, non... non. Je ne crois pas. Mais cela n'empêche pas de s'aimer, au contraire!

Elle avait prononcé cet aphorisme avec un si superbe aplomb que Bonne-Marie, décontenancée, ne sut que répondre.

— Vois-tu, reprit Clotilde, tu es par trop naïve; cela ne durera pas, je suis sans inquiétude là-dessus; mais jusque-là tâche de deviner un peu toute seule, je crois que cela te vaudra mieux que de questionner. Et maintenant, dis-moi, veux-tu chanter comme moi?

Bonne-Marie joignit les mains dans son extase et resta muette.

— Toi, avec ta figure de vierge, tu ne seras pas bonne dans mon genre; c'est le genre sentimental qu'il te faut : il y a des gens qui aiment

ça. Veux-tu que je te présente à mon directeur?
Il n'a rien à me refuser.

Bonne-Marie sauta au cou de son amie et
l'embrassa à l'étouffer.

— Eh bien! va-t'en, alors, reprit Clotilde :
voici l'heure où j'attends Joseph...

— Joseph? qui ça? ton domestique?

— Non : les gens du monde portent des
noms comme ça à présent; ce sont les domestiques qui s'appellent Arthur et Raoul. Joseph,
c'est... c'est mon grand ami. Je te ferai faire
sa connaissance, mais un autre jour. Reviens
demain, à la même heure; je m'occuperai de
toi.

Bonne-Marie se trouva dans la rue au moment
où la chaleur du jour commence à tomber. Les
ombres des arbres s'allongeaient dans les
Champs-Élysées; la poussière fine des jets
d'eau se mêlait à la poussière dorée du maca-
dam, et le tout faisait une sorte de buée autour
des massifs de marronniers. Le roulement des
équipages commençait sa reprise de l'après-

6

midi; là, tout était joie mondaine et frivole.
Bonne-Marie ne put se défendre d'aller voir
l'entrée du café-concert.

— Là, se dit-elle, je chanterai là! Est-ce
possible?

Elle s'en revint par le marché aux fleurs de
la Madeleine. C'était jour de marché : là aussi,
les fleurs mêmes prenaient je ne sais quelle
apparence civilisée et même corrompue; les
fleurs qu'on voyait là n'étaient ni honnêtes ni
modestes. Les violettes de Parme, venues hors
de leur saison, avaient un air effronté; quant
aux roses blanches, on voyait bien qu'elles
iraient le soir achever de se faner dans quelque
loge d'actrice. Mais Bonne-Marie ne fit point
attention à cela; d'ailleurs, elle avait encore
trop à deviner pour s'arrêter aux nuances. Elle
acheta un bouquet de quatre sous et l'emporta
dans sa vilaine petite chambre, où elle rêva
tout éveillée jusqu'à l'aube, d'applaudissements,
de gaz étincelant et de bouquets entourés de
papier.

— Oui, ma belle, c'est entendu, dit Clotilde
à son amie le lendemain, vers la fin du déjeuner;
tu auras une audition chez Maurisset la semaine
prochaine.

— Maurisset? demanda Bonne-Marie.

— C'est mon vieux coquin de directeur.

La provinciale se demanda comment on pouvait parler d'un directeur avec un tel sans-gêne :
un directeur devait être un personnage, sinon
vénérable par son âge, au moins respectable
par sa position; vraiment Clotilde n'était pas
assez parlementaire dans son langage.

— A propos, méfie-toi du directeur, c'est
un conseil d'amie que je te donne en passant.

— Pourquoi?

— Pour rien! tu verras bien toi-même.
Disons-nous lundi? Seras-tu prête?

— Mais, Clotilde, quand tu voudras... dès
à présent...

— Ta, ta, ta! fit la diva en jetant sa serviette,
on ne va pas comme ça à une audition! Mais, ma
chère, si tu arrivais chez Maurisset avec ta robe

de laine noire et ta romance de pension, il t'offri-
rait de lui payer six cents francs par mois pour
débuter! Tu as beau avoir des yeux aussi larges
que la bouche d'un four, cela se passe comme
cela chez nous.

— Mais, alors?...

— Alors, tu vas te faire faire une toilette
distinguée : faille noire, col de toile, pas de
dentelles, mais beaucoup de volants et encore
plus d'aplomb.

—Cela va coûter beaucoup d'argent, et...

— On ne paye pas, nigaude! Tu payeras
après! Je te mènerai chez ma couturière. Ce
qu'il te faut, c'est une douzaine de paires de
gants; ne t'occupe pas du reste. As-tu des
mains présentables?

Bonne-Marie étendit ses mains d'un air honteux.

—Rouges, très-rouges... mais la peau fine,
la forme belle... Tu prendras des gants à dix-
sept boutons pour les débuts : il ne faudra montrer tes mains que lorsqu'elles seront blanches.

— Est-ce que ce sera long? hasarda timidement la jeune fille.

Clotilde éclata de rire.

— Elle est unique! ma parole d'honneur, elle est unique! Mais non, ma bonne amie, tu comprends bien qu'à ne rien faire elles vont blanchir, tes mains rouges! Tu cultivais donc des pommes de terre dans ton pays? Et puis, il faut choisir deux ou trois romances un peu plus convenables que ce que tu as appris jusqu'ici. Nous allons en essayer une demi-douzaine, et tu en apprendras deux d'ici lundi. Voyons, au piano, et vite!

Ainsi guidée, Bonne-Marie arriva au jour de l'audition sans avoir le temps de se reconnaître. Le lundi matin, coiffée à grand renfort d'épingles, gantée très-étroit, serrée dans sa robe neuve, embarrassée dans les volants de sa jupe, la jeune Omonvillaise entra dans le cabinet de Maurisset, poussée énergiquement par sa vaillante amie.

— La voilà, monsieur Maurisset, la voilà,

cette perle de la mer! Elle a autant de talent
qu'elle est jolie, vous pouvez m'en croire!

— C'est ce que nous allons voir, grommela
le personnage en saluant à peine Bonne-Marie,
tandis qu'il baisait en dedans et en dehors la
main de la diva, qui lui répondit par un petit
soufflet d'amitié. Chantez-nous quelque chose,
dit-il à la jeune fille tremblante.

— Que faut-il chanter? demanda celle-ci.

— Tout ce que vous voudrez, ça m'est bien
égal, ça ne vaudra rien quand même, allez!

Sur ces paroles encourageantes, il s'assit
carrément dans un fauteuil en face du piano.
Clotilde, qui avait ôté ses gant, se mit devant
l'instrument, et Bonne-Marie, soudain électri-
sée, chanta une de ces romances langou-
reuses qui sont toujours du goût de cinquante
personnes sur cent dans n'importe quelle
réunion.

— Pas mal! dit Maurisset de son air froid.
Et vous ne roucoulez pas autre chose?

— Nous roucoulons, monsieur Maurisset,

dit Clotilde d'un air grave, nous ne faisons que ça, mais nous le faisons bien.

— Voyons une autre roucoulade, alors; vous êtes pour le genre simple?

Bonne-Marie, incapable de répondre, se contenta d'incliner la tête.

— Il y a des gens qui aiment ça, continua le directeur : voyons l'autre.

La jeune fille, encouragée par un signe malicieux de Clotilde, chanta à merveille une autre « roucoulade » qui, depuis, fit le tour du monde et que personne ne connaissait alors, bien qu'elle fût l'œuvre d'un homme de talent, car il ne s'était encore trouvé aucune célébrité pour la chanter.

— Ça peut passer, fit le directeur.

— D'autant plus qu'Amy Soleil est partie, et que vous n'avez personne pour la remplacer, ajouta Clotilde d'un air innocent.

Maurisset lui jeta un coup d'œil furieux.

— Combien me donnez-vous pour que je vous engage? demanda-t-il à Bonne-Marie interdite.

— Farceur! fit à quart de voix Clotilde en redressant sa taille élégante. Va-t'en, ma petite, dit-elle à son amie, on n'a plus besoin de toi ici. Va-t'en m'attendre dans la salle de répétitions.

Bonne-Marie sortit le cœur gros; elle avait grand'peine à s'empêcher de pleurer.

— Dites donc, Clotilde, fit Maurisset d'un air maussade, vous pourriez bien me témoigner plus d'égards en présence de mon personnel.

— Vieux ladre, répondit la jeune femme avec son haussement d'épaules célèbre désormais dans Paris, elle ne sera jamais de votre personnel si vous n'êtes pas plus gentil que ça! Qu'est-ce que vous lui donnez?

— C'est moi qui paye? Ah! non, alors je n'en veux pas.

— C'est bon; je ne chante pas ce soir, fit Clotilde en lui tournant le dos.

Maurisset la regarda stupéfait.

— Vous ne chantez pas? C'est ce qu'il faudrait voir !

— Vous le verrez aussi ! fit dédaigneusement Clotilde. Je suis malade.

— Je vous enverrai le médecin du théâtre.

— Ne vous gênez pas ! il me trouvera dans mon lit avec des sinapismes. J'ai la fièvre.

— Vous chanterez avec la fièvre !

— Je me mettrai une feuille de moutarde sur le bout du nez, et je ferai répandre dans le public le bruit que c'est vous qui m'avez donné un coup de poing.

— On ne le croira pas !

— Oh ! que si ! on croira tout le mal que je dirai de vous !

La diva ramassa ses jupes dans le creux de sa main.

— A demain, monsieur Maurisset, fit-elle d'un air tranquille, à demain, si vous avez changé d'avis.

— Clotilde !

— Plaît-il ?

— C'est absurde de vouloir me faire engager cette petite...

— Absurde? C'est vous qui êtes absurde,
s'écria l'altière Clotilde en lâchant la poignée
de soie qu'elle tenait et qui retomba avec un
froissement bruyant. Comment! vous avez la
bonne fortune que je vous amène une fille charmante, bien élevée, de bonne tenue, avec une
voix superbe, un accent...

— ...cherbourgeois! interrompit Maurisset.

— Cela passera en huit jours, continua imperturbablement la jeune femme, — un accent
à faire pleurer tous nos crocodiles du premier
rang, une fille faite comme les amours, et sage!

— Oh! sage! fit Maurisset d'un air sceptique.

— Sage, vieux requin! sage et honnête! si
honnête qu'elle m'a demandé combien je
gagnais chez vous pour avoir acheté un si beau
mobilier!

— Qu'est-ce que vous avez répondu?

— Ça ne vous regarde pas!

— Vous lui avez donné une idée fausse de
mes traitements, Clotilde; c'était très-mal avisé
à vous.

—Osez dire que vous ne me donnez pas vingt-cinq mille francs pour chanter six mois?

— Vous, c'est vous, Clotilde! Vous n'allez pas vous figurer que je donnerais vingt-cinq mille francs à une autre!!

— Si elle chantait mieux que moi, ça ne ferait pas un pli, répondit la jeune femme avec dédain, mais vous n'avez pas pu en trouver.

— Oh! je n'ai pas pu... interrompit le directeur, parce que je n'ai pas voulu!

— Vous avez voulu et vous n'avez pas pu! Vous avez offert par écrit trente mille francs à Pierrotte, et elle a refusé, et elle n'a plus que la moitié d'une voix, tandis que moi, j'en ai au moins une et demie. Mais vous êtes un ingrat!

— Clotilde, je vous jure...

— J'ai lu votre lettre!

Sur cette réponse foudroyante, Clotilde se croisa les bras et regarda Maurisset, comme on dit, dans le blanc des yeux; elle le trouva si comique dans son désarroi qu'elle ne put s'empêcher de lui rire au nez.

— Qui est-ce qui a pu vous l'apporter?

— Les oiseaux du ciel, répondit Clotilde.

Le directeur accablé baissa la tête.

— Faisons la paix, dit-il d'un air paterne :
il faut absolument engager votre amie?

— Absolument, ou je ne chante plus. J'at-
trape une extinction de voix. Prouvez-moi que
je n'ai pas une extinction de voix, fit l'actrice
avec l'effort désespéré de quelqu'un qui veut
parler et ne peut y parvenir.

— Eh bien, je lui donnerai trois cents francs
par mois. C'est gentil, hein?

— Vous l'habillerez? dit Clotilde d'un air
narquois.

— Ah! non!

— Alors, doublez votre prix, et nous verrons.

— Ce n'est donc pas assez?

Clotilde secoua négativement la tête.

— Qu'est-ce qu'il faut donc lui donner?

— Huit mille francs pour la première année,
douze mille francs pour la seconde, et vous trai-
terez après sur des bases convenables.

— Clotilde, vous êtes folle! s'écria Maurisset.

Mais la jeune femme ne s'émut point de cette apostrophe.

— Je vous dis que c'est une personne sérieuse, qui restera sérieuse; elle veut se marier avec un homme riche.

— Ah! fit Maurisset devenu pensif, cela change la question. Si elle est décidée à se marier... ça ne sera probablement pas tout de suite.

— Et elle fera danser ses pantins au bout d'une ficelle devant l'estrade, et c'est vous qui empocherez les entrées, conclut triomphalement Clotilde.

— Cela change la question... Je lui donnerai dix mille francs, sous condition qu'elle ne se mariera pas avant un an.

— Marchand de chair humaine! gronda Clotilde; et il y a des gens qui prétendent avoir aboli le commerce des esclaves. Va pour dix mille, mais vous lui donnerez deux mille francs de prime.

7

— Mille francs, le jour qu'elle débutera?

— Comment voulez-vous donc qu'elle débute? en jupon de dessous et en cornette de nuit?

— Eh! eh! ça ne ferait pas si mal! dit Maurisset en caressant sa moustache; eh bien, moitié maintenant et moitié après.

— Tout, et à l'instant même, ou bien je l'emmène et ne reviens plus.

Maurisset tira à regret un billet de mille francs de son coffre-fort et le présenta à Clotilde.

— Combien cela représente-t-il de gémissements et de malédictions contre le directeur? dit la jeune femme en le prenant. Vous pouvez vous vanter de ne pas valoir grand'chose, allez!

— Je vaux toujours bien autant que les autres, dit philosophiquement Maurisset en préparant un reçu et une feuille d'engagement.

— Cela n'est pas prouvé, répliqua Clotilde.

Voyons ce que vous allez lui mettre dans son engagement, à cette innocente !

— Parbleu, je vais lui en mettre pour sept mille francs !

— Ça en ferait au moins pour quarante mille à notre compte. Passez-moi la plume.

Clotilde s'assit dans le fauteuil directorial et réfuta victorieusement toutes les clauses qui lui parurent onéreuses pour sa protégée. Quand ce fut fini, non sans beaucoup batailler, elle se leva et dit à Maurisset de relire.

— Vous pouvez vous vanter d'avoir abusé de votre position, gémit celui-ci quand il eut terminé sa lecture. Ah ! si je pouvais vous remplacer...

— Oui, mais vous ne pouvez pas ! C'est vous qui abuseriez alors... et plus que moi, je vous en réponds.

Bonne-Marie fut introduite dans le cabinet. L'attente lui avait paru longue, et elle craignait d'avoir irrémédiablement déplu. Sa surprise fut grande en voyant l'engagement et le reçu

ouverts sur la table, et elle prit la plume que
lui tendait Clotilde sans savoir ce qu'elle en
devait faire.

— Mets ton nom là, lui dit la jeune femme
en lui montrant l'endroit exact; et ça, mets-le
dans ta poche.

Elle lui glissait dans la main le billet de
mille francs que Bonne-Marie regardait avec
égarement.

— Elle est jolie, cette petite, fit Maurisset
qui avait installé son lorgnon sur l'extrémité de
son nez pointu. Comment l'appellerons-nous?

— La rosière de Salency, fit Clotilde avec
un coup d'œil railleur à l'adresse de Maurisset.

— Nous chercherons, dit celui-ci.

Pendant que Bonne-Marie introduisait dans
son porte-monnaie le précieux billet de ban-
que, il s'approcha de la diva et lui dit à
l'oreille :

— Pourquoi diable protégez-vous cette
petite? Elle est jolie comme un cœur! Vous
n'êtes donc pas jalouse?

— Nous ne chassons pas le même animal,
dit simplement Clotilde; c'est un mari qu'elle
veut, et moi, vous savez bien qu'un mari...

— Vous avez l'humeur indépendante, répliqua Maurisset. Eh bien, à ce soir, mesdames.

Clotilde emmena son amie encore mal ré-
veillée de sa torpeur et croyant faire un rêve.

Quand on sut au concert que Maurisset avait
engagé une « nouvelle », les artistes se mon-
trèrent fort curieux de la voir, les hommes
plus encore peut-être que les femmes, contrairement aux idées reçues. Sans la présence de
Clotilde, qui ne la quittait pas, elle eût probablement essuyé plus d'un désagrément : dès
le premier coup d'œil, ces dames l'avaient
déclarée une « poseuse », et les hommes une
« beauté »; des avis si contradictoires ne pouvaient manquer d'amener des collisions; mais
on craignait Clotilde, dont la position excep-
tionnelle et la langue affilée étaient pour
Bonne-Marie la plus sûre égide. Celle-ci put
donc assister à quelques répétitions, s'accou-

tumer à l'accompagnement de l'orchestre et à la lumière du gaz sans trop de larmes et de désappointements.

Le jour solennel arriva enfin. La soirée était superbe, l'affiche avait été renouvelée, le cordon de globes laiteux qui entourait l'enceinte brillait plus vif que de coutume, et la lumière crue du gaz jetait des teintes de vert minéral dans le feuillage des acacias. La poussière des soirs d'été se changeait en vapeur lumineuse à ces clartés exagérées, et, sur ce fond clair, les masses sombres des grands arbres découpaient leurs silhouettes majestueuses. Çà et là une branche, une brassée de feuillage recevait, on ne sait pourquoi, la lueur violente d'un candélabre et se détachait sur la masse obscure; là se distinguaient les moindres feuilles avec leurs nervures les plus délicates; les tiges flexibles de la séve remontante ondulaient, moins au vent, à peine sensible, que sous l'effluve de chaleur embrasée dégagé par le gaz. En delà de l'enceinte plantée d'arbustes toujours verts qui défendait l'approche du petit théâtre et des abords réservés, un quadruple rang de têtes formait une vague houleuse. Là se retrouvent, le soir, les affamés de plaisir à la bourse vide qui n'ont, le jour, que l'odeur des rôts et le soir que l'écho des chants; ceux qui n'aiment pas assez le travail pour acquérir le moyen de payer des heures d'oisiveté; ceux qui n'aiment pas le foyer solitaire du célibat ou le logis étroit et plein de querelles du mariage; ceux qui tiennent à dire le lendemain à leur bureau : « Moreau n'était pas en voix hier, on a fait bisser la romance de Julia », se donnant ainsi l'apparence du luxe et du loisir. Toutes ces variétés d'une même famille, les orgueilleux déclassés, se trouvaient là, attirés par l'affiche et trop pauvres pour payer l'entrée; là se rencontrent aussi chaque soir quelques artistes qui viennent pour chercher des effets de lumière, de sonorité, de poésie même, car ces lieux ont leur poésie, qui n'est pas celle d'Alfred de Musset.

Au delà de la triple rangée de têtes, au delà
de l'enceinte d'arbustes et du cordon lumineux, les promeneurs voyaient une sorte de
gouffre lumineux, si clair que la lumière du
jour y eût semblé terne, un embrasement qui
fait faner à dix mètres plus loin les fleurs des
parterres arrachées à leur sommeil par cette
clarté crue et anormale. A l'extrémité de ce
gouffre, plus lumineux et plus brûlant encore,
s'élevait le théâtre, défendu des approches
par un triple cordon de becs de gaz; et là, sur
ce théâtre, au milieu d'un décor de prairie,
Bonne-Marie, vêtue de soie blanche, la robe
décolletée en carré, chantait d'une voix pathé-
tique, où l'émotion réelle se mêlait à l'émotion convenue et fausse :

J'ai quitté ma sœur au berceau
Pour venir dans la grande ville.

Et elle trouvait des accents mouillés de
larmes pour décrire la douleur de l'orpheline
en voyant les mains et les regards se détourner
d'elle; elle arracha un cri d'enthousiasme

à son auditoire haletant par l'énergie avec laquelle, mourant de faim, elle repousse l'or, « prix de l'infamie ». Et ce public de blasés, de sceptiques, de cyniques, éclata tout à coup en applaudissements furieux. Bonne-Marie, sans s'en douter, venait d'apporter un élément nouveau à l'*olla podrida* de la vie parisienne : au café-concert elle venait d'inaugurer la romance vertueuse !

Ce fut une ovation ! Vainement ses compagnes firent mine de dédaigner cette nouvelle venue, tombée on ne sait d'où ; les artistes eux-mêmes sentirent que cette fille étrange avait en elle quelque chose d'extraordinaire, un charme mystérieux qui faisait qu'on ne pouvait pas lui parler comme à tout le monde.

Les amateurs, les habitués de la maison vinrent voir de plus près cette étoile naissante, « cette étoile encore en bouton », disait sérieusement un jeune homme très-décolleté dans son col de chemise, avec une raie vertigineuse dans ses cheveux blond roux. Elle

7.

parla, répondit, sourit; elle se permit même
de rire, et, avec tout cela, elle ne s'attira
aucune parole malséante.

— Que diable a-t-elle donc pour ne pas ressembler aux autres? demandait-on à Maurisset.

— Chut! dit celui-ci en mettant un doigt
sur ses lèvres : c'est une demoiselle de bonne
famille. Chu...u...ut!

— Entrée chez vous par amour?

— Chu...u...ut! Cœur de glace, n'a jamais
aimé, ne veut pas aimer... Chut!...

— Voyons, Maurisset, soyons sérieux,
hein!...

— Rien n'est plus sérieux. Essayez, messieurs, vous vous brûlerez à la flamme! D'ailleurs...

Et Maurisset s'en alla sur la pointe du pied,
comme dans la chambre d'un malade.

— Le scélérat, il est capable d'avoir mis
cette clause-là dans son engagement! s'écria
quelqu'un qui ne croyait pas si bien dire.

Ce soir-là, Bonne-Marie rentra dans un joli

petit appartement situé au quatrième étage
d'une belle maison. Ce logis de passage, où
s'étalait au mois le goût coquet, banal et
parfumé de poudre de riz des actrices de troisième ordre poursuivies par un guignon mo-
mentané, parut à la jeune fille le *neo plus
ultra* de l'élégance. On avait apporté plein une
voiture de bouquets envoyés ce jour-là par des
amateurs désireux de poser leur candidature.
En lisant les cartes attachées aux bouquets,
en respirant le parfum de ces hommages
entourés de papier, suivant le rêve de Bonne-
Marie, la jeune fille sentit battre son cœur
d'un orgueil assurément plus noble que jamais
cet appartement n'en avait contemplé.

— Je gagne honorablement ma vie ! se dit-
elle.

Une forte brise de sud-ouest entr'ouvrait sa
fenêtre mal fermée et fit voltiger ses rideaux.
Elle ouvrit un battant et, appuyée sur l'autre,
elle regarda le ciel, où un vent d'orage chassait impétueusement de gros nuages noirs.

— La mer doit être grosse à Omonville!
pensa Bonne-Marie.

Elle ferma la fenêtre et alla se coucher,
pleine de joie et d'espérance.

Cette nuit-là, Jean-Baptiste, qui n'avait plus
de goût à rien, faillit se perdre avec sa barque
sur la *Cogue*, la plus grosse des roches de ce
passage redoutable, et, s'il se sauva, c'est
que l'instinct de la conservation avait survécu
en lui à l'amour de la vie.

Au bout de huit jours, Bonne-Marie avait
perdu son accent normand, Bonne-Marie savait
tenir un éventail et répondait à son nouveau
nom : Luciane, choisi par Clotilde ; Bonne-
Marie ne se prenait plus que rarissimement les
pieds dans les volants de ses jupes : en un
mot, l'Omonvillaise s'était faite Parisienne.

Où avait-elle appris à recevoir des hommages, à répondre à des fadeurs, à saluer le
public, à secouer le papier de musique pendant la ritournelle, tout en jetant un coup
d'œil circulaire sur le public? Il faut croire

qu'elle était née pour ce rôle, car elle le rem-
plissait étonnamment bien, si bien que Clotilde
en restait stupéfaite et avait besoin de se rappeler leur première rencontre aux Champs-
Élysées avec la date de ce jour pour croire
qu'il s'était à peine écoulé un mois depuis lors.

Bonne-Marie avait appris bien autre chose !
Sans qu'on sût comment, de même que l'eau
filtre à travers une pierre poreuse, elle avait
deviné toute l'immoralité du monde qui l'entourait; elle avait compris les haines puériles,
les jalousies féroces, la vénalité de tous, l'é-
goïsme de la plupart; aussi elle ne demandait
plus à Clotilde de lui faire faire la connaissance
de ses amis. Elle se doutait bien que Clotilde
elle-même n'avait pas échappé à cette lèpre
odieuse, et que des amis pauvres n'avaient
guère de chances pour être admis à lui présenter leurs hommages. Mais elle aimait Clotilde, elle voulait continuer à l'aimer, puisque
celle-ci avait généreusement remporté pour
elle une bataille où seule elle eût été vaincue;

c'est à Clotilde qu'elle devait d'être applaudie
chaque soir, de fouler aux pieds un tapis de ;
sa chambre à coucher, de recevoir des bouquets et des compliments ; tant de biens méri-
taient de la reconnaissance, et, pour ne pas
avoir à blâmer son amie, Bonne-Marie ferma
les yeux et les couvrit de ses deux mains.

Pensait-elle au passé ? Oui, souvent. Quand,
le soir, elle s'habillait pour le concert, en
contemplant le jeu de la lumière sur sa peau
nacrée, en admirant la beauté de ses cheveux
blonds, désormais bouclés, tressés, tordus,
de manière à découvrir son front pur et ses
oreilles délicates, elle se rappelait les petits
bonnets de linge qui recouvraient autrefois
cette chevelure soyeuse ; elle revoyait dans sa
mémoire le corsage de droguet, la chemise de
toile bise qui recouvraient sa peau de satin ;
et elle souriait à son image d'un sourire
orgueilleux et satisfait.

Ce qui mettait Bonne-Marie au-dessus du
niveau vulgaire, ce qui doublait son orgueil

déjà si vivace, c'était la pensée justifiée de son impeccabilité.

— C'est à moi seule, pensait-elle, que je dois mon bien-être, que je devrai ma fortune !

Se sentant innocente, Bonne-Marie portait haut la tête et ne pensait pas pouvoir être soupçonnée. Pourquoi l'eût-elle été? Sa vie était transparente comme une carafe de cristal ; l'étude et le concert en prenaient la meilleure part, et le reste était dépensé en visites chez Clotilde ou en courses avec elle. La jeune Omonvillaise vivait ainsi dans une douce quiétude que troublait bien rarement un regret pour son père mort et pour ce pauvre Jean-Baptiste, qui l'aimait pourtant bien et qui devait être triste, tout seul là-bas.

Un mois s'écoula. Mademoiselle Bonne-Marie, ou plutôt Luciane, avait renouvelé son répertoire ; guidée par les conseils de son amie, elle apparaissait toujours vêtue de blanc, toujours couronnée de jasmins ou d'anémones, de fleurs mignonnes et pures, ressemblant à la fleur

d'oranger, et cette apparition virginale était
saluée chaque soir par de longs bravos dans
l'air surchauffé du théâtre. Pendant l'intervalle
de ces romances, mademoiselle Luciane recevait les hommages des habitués du lieu, et si
une pensée mélancolique traversait son esprit,
c'était à la vue de ces habitués.

— Jamais, se disait-elle, non jamais je ne
trouverai ici celui qui m'aimera, celui qui
sera mon mari !

C'est avec un regard de regret qu'elle contemplait cette galerie d'adorateurs, aussi bien
ceux qui étaient à ses pieds que ceux qu'elle
voyait aux pieds des autres : gilets en cœur,
raies au milieu de la tête, favoris frisés au fer,
moustaches effilées en pointe aiguë où passe
chaque jour tout un bâton de cosmétique,
cols de chemise décolletés, carreaux dans
l'œil, grâce efféminée et écœurante, gros-
sièreté affectée ou naturelle, tout cela lui
avait d'abord paru drôle et lui semblait désormais repoussant.

Était-ce là le monde? Le voyageur rêvé par elle sur la falaise devait-il se rencontrer au milieu de ce troupeau vulgaire? N'y avait-il pas dans Paris d'hommes plus simples, plus vrais que ceux-là? Dans ses courses infructueuses elle avait rencontré, elle rencontrait chaque jour des hommes au beau visage sérieux, à la démarche aisée et souple, des hommes dont le regard posé sur elle exprimait l'admiration sans lui faire monter de honte au front; mais ceux-là, elle ne les voyait pas au café-concert. Alors, ce n'était pas assez d'être belle, aimable, instruite, de gagner honnêtement sa vie? Il fallait autre chose! Que fallait-il de plus?

Bonne-Marie se disait bien que le milieu où elle se trouvait n'était guère convenable, que les femmes qui chantaient auprès d'elle n'étaient pas de celles dont on fait des mères de famille; mais elle n'était pas semblable aux autres; ils le savaient bien, ceux qui venaient là, et s'ils le savaient, pourquoi un autre, celui qui devait l'aimer, pourquoi ne le saurait-il pas?

Elle vivait ainsi, parfois un peu découragée, mais vite consolée, car à vingt ans il est bien plus naturel d'espérer que de craindre, lorsqu'elle éprouva un soir une commotion imprévue qui la laissa rêveuse pour longtemps.

Pendant que l'orchestre jouait le prélude de sa première romance, elle parcourait d'ordinaire son auditoire de l'œil; on s'accoutume vite à franchir du regard la barrière de gaz de la rampe; elle n'avait plus peur du tout, et, désormais sûre d'elle-même, elle aimait à examiner son public.

A droite, appuyé sur le dos de sa chaise, tout contre la verdure sombre que le gaz ne parvenait pas à égayer, elle aperçut un jeune homme qui la regardait avec attention. Ces yeux noirs pleins de vie et de je ne sais quelle expression inquiète et joyeuse à la fois étaient bien différents des yeux éteints ou rougis par la vie à outrance qu'elle voyait chaque jour, et elle sentit au cœur une émotion vive et soudaine qui la fit pâlir un moment. Il fallut chanter, elle chanta, puis, son couplet fini, pendant la ritournelle, Bonne-Marie, tout en tournant son feuillet, leva les yeux sur l'inconnu.

Il avait écouté attentivement; car, quittant sa pose distraite, il s'était un peu penché en avant; ses yeux, éclairés par un jet de lumière, paraissaient plus noirs que jamais, et se fixaient sur la jeune fille avec plus d'intensité.

— C'est lui! se dit Bonne-Marie intérieurement, c'est lui que j'aimerai!

Avec quelle passion contenue, quel frémissement troublé dans la voix, elle jeta les paroles tendres du second couplet vers cet être inconnu qui entrait soudain dans sa vie, nul ne peut le savoir s'il n'a pas écouté la confidence d'une jeune fille pure, ambitieuse et romanesque.

L'inconnu était irréprochablement mis, il était beau, il devait avoir toutes les vertus, tous les mérites, et il regardait Bonne-Marie avec une expression qui n'avait rien de blessant; la

curiosité, l'étonnement y tenaient plus de part
que le reste.

— C'est étonnant, semblait-il dire, elle est
bien jolie, elle chante ici, et pourtant elle n'a
pas une figure de casino!

L'inconnu appela un garçon, lui remit sa
carte et lui glissa quelque chose dans la main,
pendant que la jeune fille chantait son troisième
et dernier couplet. Quand elle eut terminé, au
milieu d'une salve d'applaudissements elle
s'inclina, embrassant l'assemblée d'un regard :
l'inconnu s'était levé et l'applaudissait, sans
bruit, du bout de ses mains gantées.

Elle eut bien de la peine à s'empêcher de le
remercier par un regard, mais un instinct
secret l'avertit de n'en rien faire. A peine ren-
trée dans le salon, elle reçut un bouquet blanc,
tout blanc, comme sa parure, et dedans la carte
de l'inconnu. Elle lut, les yeux troublés : Louis
Morin.

Ce n'était pas un noble, comme on dit dans
le pays : l'inconnu n'était qu'un roturier;

qu'importe s'il avait la vraie noblesse, celle de l'âme et des manières! Ainsi pensa Bonne-Marie, qui eût déjà tout pardonné à cet homme qu'elle ne connaissait pas encore.

Le lendemain, Louis Morin était à la même place, et, au moment où mademoiselle Luciane s'arrêtait devant la rampe, au milieu des applaudissements de bienvenue, il lui adressa un fort joli salut, respectueux et familier à la fois, plein d'aisance et de bonne grâce; mademoiselle Luciane se sentit rougir et chanta d'une voix moins assurée que de coutume; à l'entr'acte, elle reçut un bouquet blanc, comme la veille, et son trouble s'accrut encore.

Elle avait reçu bien des bouquets, tous lui avaient fait plaisir, aucun ne l'avait troublée; celui-là remuait en elle tout le passé, tout son rêve d'amour et de gloire. C'était ainsi que devait se présenter l'être qu'elle aimerait; il tomberait amoureux d'elle un soir, à première vue, serait longtemps sans oser le lui dire, et, quand il parlerait enfin, le paradis s'ouvrirait

pour eux sur la terre, sous la forme d'un
mariage où l'amour serait éternel !

Si Louis Morin avait su tout ce qui s'agitait
dans le cœur de Bonne-Marie, il eût moins
retardé le moment de se présenter directement
à elle. Mais il la croyait tout autre chose que
ce qu'elle était réellement.

Il ne voyait en elle qu'une chanteuse comme
les autres, ayant un peu plus d'éducation peut-
être, mais n'en ayant pas moins jeté son bonnet par-dessus les moulins. Pour lui, Bonne-
Marie était une fort jolie personne, d'autant
plus charmante qu'elle avait beaucoup de tenue,
mais il lui supposait des dents capables de dévo-
rer gaiement une fortune, tout comme on gri-
gnote un quarteron de noisettes.

Pendant que Bonne-Marie rêvait à un avenir
infailliblement prochain, Louis Morin faisait
des réflexions plus prosaïques, dont le résultat
fut que le quatrième jour, ne recevant pas
d'encouragement et cependant certain d'avoir
été remarqué, le jeune homme alla se poster à

la sortie des artistes, aussitôt après le dernier morceau de la chanteuse sentimentale. Dix minutes après, la jeune fille, simplement vêtue de noir, un petit chapeau sur la tête, se présenta à la porte; il la reconnut à peine sous ce costume, mais un second coup d'œil le rassura, et il salua très-bas. Au moment où il allait parler et risquer probablement quelque irrémédiable sottise, il vit Bonne-Marie lui rendre un salut timide et presque furtif; elle baissa son voile sur son visage couvert de rougeur et passa vite... Il resta ébahi, son chapeau à la main, et quand il revint de sa surprise, Bonne-Marie était déjà loin. Il eut beau se mettre à sa poursuite, il ne put la retrouver.

Le lendemain, sûr désormais d'être reconnu, il était à l'entrée bien avant l'heure de l'ouverture. Assis sur ce même banc où la jeune fille avait rencontré Clotilde, il l'attendait, son bouquet blanc à la main. Sans se préoccuper de ce que sa présence en ce lieu avec un bouquet pouvait offrir de ridicule, il s'était posté là

pour revoir de près ce joli visage timide et
confus.

— Elle n'a point la figure de sa profession,
décidément, pensait-il; il doit y avoir là-des-
sous quelque roman; j'en aurai le cœur net.

Louis Morin était ce qu'on appelle un charmant garçon, aimable, obligeant, et cependant
avec un certain fond d'égoïsme, gai le plus
souvent, parfois morose et fantasque, mais
alors seulement avec ceux qui lui tenaient de
près.

En avez-vous connu, ami lecteur, de ces
charmants garçons qui sont la coqueluche des
dames, toujours disposés à se charger d'une
corvée, complaisants à l'excès, la bourse ouverte à tout venant, ceux qui consolent les gens
vexés avec une plaisanterie, qui rassurent les
timides, encouragent les faibles, tout cela dans
le monde et hors de chez eux? Chez eux, il ne
faut pas leur demander le moindre service;
tout les fatigue, tout les dérange; ils n'ont pas
le sou, la cheminée fume, leur femme les

agace, la cuisière manque toujours le dîner.
Vous les diriez hypocrites ou méchants; pas le
moins du monde : ils ont pour principe qu'il
est inutile de se gêner en famille, et gardent
toute leur amabilité pour les autres, ceux qui
ne sont pas de la famille. Priez le ciel clément,
cher lecteur, de bien vouloir faire que ces
aimables garçons vous traitent toujours comme
des étrangers !

Louis Morin était peintre. Après avoir lutté
pendant quatre ou cinq ans contre la mauvaise
fortune et en exposant à chaque Salon de très-
jolies toiles consciencieusement travaillées où
dominaient les qualités sérieuses, il s'était mis
à faire d'affreux bonshommes très-laids, pleins
de défauts, mais qui, suivant une expression
vulgaire, tiraient l'œil du passant. Il n'exposait
pas ses bonshommes, le jury l'eût repoussé
avec une sainte horreur et une indignation
non moins juste, mais il les mettait chez les
marchands de tableaux, et tout à coup il s'était
trouvé des amateurs. probablement par le

8

même motif mystérieux qui fait trouver si
beaux les affreux dogues de boucher.

Il avait commencé par toucher cinquante
francs par toile; comme il en produisait six
par mois, cela faisait à la fin une petite rente.
Mais un jour, comme il regardait sa dernière
œuvre dans la vitrine d'un marchand de
tableaux, il vit entrer un amateur qui se fit
montrer la chose, la décria et finit par l'acheter; il avait si grand'peur de ne pas posséder
ce précieux objet qu'il l'emporta sous son
bras.

Morin, qui de la rue avait assisté au débat,
à moitié caché par un montant de porte, arrêta
l'amateur au passage.

— Pardon, monsieur, combien avez-vous
payé le tableau que vous avez là?

— Monsieur?...

— Monsieur, je suis amateur forcené de ce
genre de peinture, mais je crains de n'être pas
assez riche pour pouvoir...

L'amateur regarda le peintre avec défiance.

Cependant le jeune homme pouvait dire vrai;
il lui répondit donc :

— Cinq cents francs, monsieur.

— Avec le cadre?

L'amateur, de plus en plus méfiant, se préparant à passer outre, répondit :

— Avec le cadre.

— Ce n'est pas cher, répliqua Morin avec
enthousiasme. Eh bien, monsieur, c'est moi
qui les fais, ces petites machines-là, et quand
vous en voudrez, je vous les vendrai quatre
cents francs avec le cadre, et c'est vous qui
choisirez votre sujet.

Là-dessus, il salua l'amateur, toujours de plus
en plus ébahi, lui remit sa carte et disparut.

— Louis Morin, lut l'amateur; c'est bien la
signature, et voilà l'adresse... C'est peut-être
une mystification... Bah! qu'est-ce que cela
me fait? j'irai demain.

C'est ainsi que Louis Morin commença sa
fortune et sa renommée.

De temps en temps, il se disait : — Je vou-

drais bien faire quelque chose de sérieux pour
le Salon... mais la vie est douce à Paris quand on
a de l'argent presque à discrétion; pour termi-
ner quelque chose de sérieux, il eût fallu prendre
six mois; en six mois Morin faisait dix petites
horreurs qui lui rapportaient chacune huit cents
francs... il n'avait encore rien présenté au
Salon depuis ses jours de mauvaise fortune.

Les bouquets de lilas blanc étaient pour lui une
sorte de monnaie courante; mais il avait su découvrir une fleuriste qui ne les lui vendait pas
cher, grâce à la bonhomie, aux bons mots et à la
gaieté de M. Louis qui lui avait un jour bâclé une
esquisse ressemblante en dix coups de pinceau.

— C'est peut-être ce que j'ai fait de mieux!
disait mélancoliquement Morin en contemplant
ce visage grassouillet, haut en couleur, d'une
femme de cinquante ans qui n'a plus de prétentions. Je vois que j'étais né pour le portrait!

Le jour qu'armé de son lilas blanc il attendait
Bonne-Marie, il lui était passé une idée originale par la tête. — Je vais lui proposer de faire

son portrait! s'était-il écrié. Elle ne peut pas refuser ça, et je l'enverrai au Salon!

Ce calcul avait enchanté le jeune peintre. Ainsi entamée, de quelque façon qu'elle tournât, l'aventure ne pouvait manquer de lui être profitable. Or, il aimait beaucoup à ne pas perdre son temps.

Vers huit heures, dans l'air assombri de septembre, Morin vit venir Bonne-Marie, simplement vêtue comme la veille; elle portait à son corsage une petite branche de lilas... En voyant le peintre qu'elle ne croyait pas trouver là, elle tressaillit et resta sur place.

— Mademoiselle, dit celui-ci en présentant son bouquet, daignez accepter de ma main ces fleurs que jusqu'ici vous n'avez pas refusées...

Son regard se posa sur la branche qui frissonnait au corsage de la jeune fille.

Celle-ci, interdite, accepta le bouquet machinalement.

— Merci, monsieur, dit-elle à voix basse.

Elle allait passer outre, il l'arrêta.

8.

— Mademoiselle Luciane, vous avez autant de beauté que de talent, vous devez le savoir?

Bonne-Marie, rose comme une rose, détourna la tête en souriant malgré elle, dans la naïveté de son orgueil satisfait; de tout autre, cette phrase lui eût semblé une banalité; de celui-là, elle était la plus douce des louanges.

— Savez-vous ce qui manque? continua Morin enchanté de son succès.

La jeune fille esquissa un vague signe d'ignorance.

— Un beau portrait de vous, qui vous charme lorsque vous ne serez plus jeune, dans très-longtemps, et que vous ayez plaisir à contempler toute votre vie.

Bonne-Marie leva sur son adorateur son regard bleu de ciel, où la gratitude se mêlait à un trouble vague et très-doux.

— Mon portrait! dit-elle : qui le fera?

— Moi, si vous voulez bien le permettre, mademoiselle.

Il se tenait incliné, la tête découverte devant

elle, et lui parlait comme à une souveraine. La jeune ambitieuse se rappela avoir vu sur des gravures de beaux jeunes gens qui parlaient ainsi à de grandes dames, et tout son orgueil frémit d'aise.

— Je ne sais, monsieur, dit-elle faiblement...

Il l'interrompit :

— Vous ne pouvez pas me refuser cela ! s'écria-t-il avec feu ; ce portrait sera la gloire de ma carrière peut-être, et je compte sur lui pour me révéler au prochain Salon comme un des premiers peintres de l'époque !

Louis Morin n'était pas modeste, mais il n'avait pas la prétention de l'être, ce qui fait qu'on lui pardonnait volontiers son joli petit panache d'outrecuidance ; d'ailleurs, Bonne-Marie n'avait pas la clairvoyance nécessaire pour distinguer l'aplomb que donne la vanité de l'assurance que comporte le mérite, et puis elle n'avait pas bien compris.

— Le Salon ! dit-elle ; quel Salon ?

— L'exposition des beaux-arts ! dit Morin,

un peu surpris de voir une chanteuse si remarquable ignorer ce terme consacré.

— Quand cela? continua Bonne-Marie, toujours timide.

— Au printemps prochain, parbleu, fit
Morin, de plus en plus étonné.

La jeune fille réfléchit un instant.

— Votre proposition me touche infiniment,
monsieur, dit-elle enfin, mais je ne sais si je
dois l'accepter...

— Ah! vous n'allez pas me refuser ça! s'écria
le peintre avec énergie.

Le bruit discordant des instruments qui s'ac-
cordent rappela Bonne-Marie à ses devoirs.

— Je ne refuse ni n'accepte, dit la jeune
fille, j'y penserai. Mais, monsieur, je ne puis
payer ce portrait...

— Quand je vous dis que je compte sur cette
œuvre pour me faire un nom au-dessus de la
foule! dit chaleureusement Morin, d'autant plus
ardent qu'il n'avait pas prévu cette résistance.
C'est moi qui vous serai redevable à jamais!

— Nous verrons, dit Bonne-Marie.

Elle le salua d'un signe de tête affirmatif, où rayonnait la plus franche coquetterie, et disparut.

Une demi-heure après, quand elle apparut, il était à sa place ordinaire et la dévorait des yeux. Elle évita son regard, mais elle portait au corsage, dans ses cheveux et à la main des branches de lilas blanc.

— Mon portrait, murmurait Bonne-Marie, toute seule chez elle, une heure après minuit, mon portrait à l'Exposition! Il compte dessus pour faire sa réputation! Mais elle n'est donc pas faite? Et pourtant il a l'air d'un homme célèbre... Qu'est-ce que cela veut dire? Et moi qui n'ai pas osé dire oui... mon portrait fait par lui, quelle joie ce serait!...

Après des incertitudes qui la conduisirent jusqu'à trois heures du matin, Bonne-Marie se décida à aller consulter Clotilde le lendemain et s'endormit dans cette résolution.

Dès dix heures, elle sonnait à la porte de

son amie, qui la reçut en déshabillé. Les rela-
tions entre elles étaient toujours très-bonnes,
quoique moins familières qu'autrefois; Clotilde
était née pour protéger les faibles : Bonne-
Marie, n'ayant plus besoin d'elle et pouvant
voler de ses propres ailes, devenait beaucoup
moins digne d'intérêt, sinon d'amitié. Pour le
moment, Clotilde s'occupait de « pousser »
une petite couturière à laquelle elle trouvait
du génie, et cette préoccupation en noyait une
foule d'autres.

— Dis-moi, Clotilde, je suis si ignorante de
tout que je fais au moins vingt bêtises par jour;
qu'est-ce que c'est que le Salon?

— Le Salon? répéta Clotilde, eh! mais,
c'est l'Exposition !

— Oui, fort bien, mais l'exposition de quoi?

— De peinture et de sculpture ! Tu ne sais
pas ça?

— Non, et bien des choses encore. Qu'est-ce
que c'est que cette Exposition ?

Clotilde, non sans rire de cette ignorance,

expliqua à son amie les mystères du Salon, et
naturellement, comme elle connaissait beaucoup de jeunes artistes encore peu célèbres,
elle dauba sur le jury.

— Mais qu'est-ce qui te prend, dit-elle après
réflexion, de t'occuper du Salon tout à coup,
comme ça?

— C'est, dit Bonne-Marie, non sans hésiter,
que quelqu'un m'a proposé de faire mon portrait.

— Pour le Salon? En voilà une chance!
s'écria Clotilde. Ton portrait à l'Exposition!
Mais, ma chère, c'est de quoi te faire connaître
de tout Paris en moins de huit jours! On ne
m'a jamais proposé ça, à moi, et pourtant, sans
vanité, je ne suis pas plus laide que toi! Qui
est-ce qui veut faire ton portrait, s'il n'y a pas
d'indiscrétion?

A la vue du sourire railleur qui se dessinait
sur les lèvres de Clotilde, Bonne-Marie, avec un
secret mouvement de colère, répondit :

— Il n'y a pas d'indiscrétion : c'est M. Louis
Morin.

— Louis Morin ? connais pas ! répliqua Clotilde avec une suprême indifférence : c'était un mensonge; mais aussi pourquoi un peintre s'avisait-il d'avoir envie de faire le portrait de Bonne-Marie plutôt que le sien?

La jeune provinciale, un peu mortifiée, garda un instant le silence.

— Dois-je accepter ? dit-elle enfin, non sans une émotion secrète qui voila un peu le timbre pur de sa voix.

La bonne nature de Clotilde reprit le dessus; et d'ailleurs, si elle conseillait à son amie de refuser, il ne manquerait pas de mauvaises langues pour interpréter malicieusement ce conseil.

— Je crois bien qu'il faut accepter ! s'écria-t-elle. C'est une aubaine! Puis, considérant l'air confus et joyeux de Bonne-Marie : — Eh mais, reprit la diva, est-ce que c'est lui, Louis Morin, ce fils de prince que tu devais épouser?

La jeune provinciale se détourna avec un

peu d'humeur, et la gaieté de Clotilde s'en
augmenta.

—Prince du sang ou prince des arts, c'est tout
un, et peu importe, dit-elle; l'essentiel, c'est que
vous vous aimiez. Quand m'invites-tu à la noce?

Voyant qu'elle avait contrarié son amie, Clotilde la prit par le bras et la fit se retourner.

— Est-ce déjà si sérieux? dit-elle avec plus
de douceur.

— Je n'en sais rien! répondit Bonne-Marie,
entraînée par le besoin de confiance qui est le
plus bel apanage et la plus grosse des sottises
de la jeunesse; mais pourquoi m'a-t-il demandé
à faire mon portrait?

— Mystère! répondit en souriant Clotilde;
et toi, voyons, pourquoi n'as-tu pas accepté
tout de suite?

— Tu aurais accepté, toi? demanda Bonne-
Marie.

— Avec transport! Je l'aurais embrassé sur
les deux joues, et je lui aurais demandé à quand
la première séance!

9

Bonne-Marie restait pensive.

— Où se fera-t-il, ce portrait? demanda-t-elle.

— Mon Dieu, qu'elle est drôle avec ses ignorances! Dans son atelier, naturellement! A moins que ce ne soit à la cave!

— Chez lui? insista Bonne-Marie, inquiète.

— Un atelier n'est pas chez lui, c'est une espèce de terrain neutre où tout le monde se rencontre : mais est-elle prude, cette Omonvillaise!

— Tu ne le serais pas, toi? demanda la jeune fille, toujours troublée.

— Certes non! Mais, ma chère, tout de bon, est-ce que tu l'aimes?

La pensée de trahir son cher secret ranima le courage de Bonne-Marie.

— Non! dit-elle fermement.

— Alors, tu l'aimeras, quoiqu'il ne soit pas fils de prince, et nous danserons à ta noce.

— Il n'y a pas moyen de tirer de toi un mot sérieux! fit la jeune fille en se préparant à partir.

— Dame, ma bonne amie, je ne suis pas faite pour cela, moi! C'est la différence qu'il y a entre nous. J'essaye de temps en temps, mais ça ne mord pas.

J'ai quitté ma sœur au berceau,

commença-t-elle en parodiant la romance de Luciane d'un ton si drôlement sentimental que celle-ci ne put garder son humeur morose.

Après avoir ri ensemble, les deux amies allaient se séparer...

— Tu n'as pas besoin d'une couturière? demanda Clotilde.

— Non, merci. Pourquoi?

— Qui est-ce qui t'habille? insista la diva, tenant entre-bâillée la porte que Bonne-Marie allait refermer.

— Celle que tu m'as indiquée.

— Elle t'habille mal; prends la petite Arsène; elle a du génie, cette petite, tu verras.

— Je n'ai pas le moyen de me faire faire tant de robes, dit Bonne-Marie en souriant. Je ne gagne que six mille francs par an!

La porte que tenait Clotilde retomba.

— Adieu, dit-elle sèchement, et on ne l'entendit plus.

— Je l'aurai vexée, pensa Bonne-Marie, et pourtant ce n'était pas mon intention. Mon Dieu ! j'ai bien raison de dire que je fais vingt bêtises par jour !

Comme elle rentrait chez elle, sa concierge la suivit dans l'escalier. La digne femme, peu scrupuleuse en général, professait une estime particulière pour sa jeune locataire. — Elle ne reçoit pas une seule visite, disait-elle, et tous les soirs à la même heure on peut être sûr de la voir rentrer !

Cette estime singulière tendrait à faire supposer que tous les locataires ne se piquaient pas de la même exactitude ; mais ce n'est pas notre affaire.

— Mademoiselle ! dit mystérieusement le cerbère enjuponné, il est venu quelqu'un pour vous.

— Pour moi ! fit Bonne-Marie surprise, cela ne se peut pas !

— Si fait, mademoiselle; un joli garçon bien couvert, et même qu'il a laissé sa carte.

La jeune fille prit le petit carré de papier : que pouvait-il porter, si ce n'est le nom de Louis Morin?

— Je vous remercie, madame Pourrat, dit-elle toute troublée.

— Qu'est-ce qu'il faudra lui dire? fit la concierge en clignant de l'œil.

— Rien du tout! répliqua Bonne-Marie, en grimpant bien vite ses quatre étages.

La concierge la suivit du regard; puis, avec un haussement d'épaules qui signifiait claire-ment : Elle est un peu toquée! la fonctionnaire rentra dans sa loge.

Où Morin avait-il pris son adresse? Voilà ce que se demandait notre naïve; l'idée ne lui vint pas qu'il pouvait l'avoir apprise chez le con-cierge du théâtre. Bonne-Marie avait appris bien des choses, mais elle ignorait encore à quel prix se vend une adresse désirée. Elle ima-gina une course romanesque à sa poursuite,

elle se vit suivie, et son cœur battit de joie et
de vanité. Il l'aimait donc bien? Et combien
ne l'aimerait-il pas davantage lorsqu'il connaî-
trait sa juste valeur!

La jeune fille ne pouvait pas se dissimuler
qu'elle se trouvait dans un milieu où l'on ne
recrute pas les ingénues; mais en revanche elle
était à mille lieues de penser que quelqu'un pût
douter de son honneur. Elle plaçait si haut dans
sa pensée le devoir et la vertu qu'elle ne pouvait se croire soupçonnée; si Morin la recherchait, c'était pour en faire sa femme, ce n'était
pas douteux; s'il l'aimait rien que pour l'avoir
vue et entendue, quelle ne serait pas la douce
surprise du jeune peintre lorsqu'il verrait en
elle les vertus domestiques qu'elle se reconnaissait à juste titre!

Suivant le cours d'une douce rêverie, elle se
vit dans son atelier. Qu'était cela, un atelier?
Bien souvent, dans ses courses, elle avait levé
les yeux vers les hautes fenêtres vitrées, tout
en haut des maisons; elle s'était demandé ce

qu'on pouvait faire dans ces cages à moitié
assombries par les grands rideaux de serge
verte; les mots de peinture et d'atelier ne lui
révélaient pas grand'chose.

Elle allait donc entrer dans une de ces re-
traites mystérieuses! Elle voyait déjà en pied
sur la toile son image resplendissante de jeunesse et de grâce, elle voyait la foule se presser
autour, et son nom lui arrivait répété par cent
bouches avec l'accent de l'admiration.

— C'est trop beau! s'écria Bonne-Marie,
ivre de joie, cela ne se peut !

Un coup de sonnette modeste et discret la
rappela à la vie réelle. Elle alla ouvrir : c'était
Louis Morin.

— Vous excuserez mon importunité, mademoiselle, dit le jeune homme sur le seuil. Si je
me suis permis de revenir, c'est parce que l'on
m'a dit que vous étiez toujours seule...

Il y avait dans cette phrase quelque chose qui
déplut à Bonne-Marie; c'était, dans le concert
des voix heureuses qu'elle venait d'entendre,

le grincement d'une fausse note. A un léger
froncement de sourcils, Morin vit qu'il avait
parlé mal à propos : il se reprit avec beaucoup
d'habileté.

— C'est le peintre, dit-il, qui vient demander à son modèle de fixer la première séance;
si je vous avais vue en compagnie, je n'aurais
osé vous importuner de cette demande, d'autant
plus que vous n'avez rien voulu me promettre...

— Entrez, monsieur, dit Bonne-Marie; elle
précéda son visiteur dans son petit salon fané.

— C'est entendu, n'est-ce pas? fit Morin de
sa voix la plus caressante; nous disons lundi?

La jeune fille hésitait encore; le peintre, tout
en pensant à part lui qu'elle se faisait bien prier,
trouva une heureuse inspiration.

— C'est en camarade que je vous recevrai,
je vous en préviens, en bon garçon; vous
verrez quelques amis chez moi...

Du moment où Morin n'était pas seul dans
son atelier, Bonne-Marie n'avait pas d'objec-
tions à faire.

— Soit, dit-elle, monsieur, j'y consens; la pensée d'avoir mon portrait me rend peut-être indiscrète, mais...

— Indiscrète! C'est moi qui serais indiscret, s'écria poliment Morin, je serais indiscret si votre beauté et votre talent ne vous désignaient déjà à l'admiration publique. Mais, à présent que nous voilà bons amis, dites-moi sous quel ciel clément vous êtes née, quel est l'écrin qui a jusqu'ici caché cette perle.

Bonne-Marie n'avait aucune raison de déguiser le lieu de sa naissance et rien de ce qui la concernait : pourtant, au moment de parler d'elle à cet étranger, elle eut peur, peur et honte, sans savoir de quoi. Cependant elle ne voulait pas lui mentir : son instinct normand lui suggéra une transaction.

— Je suis née en Normandie, dit-elle, au bord de la mer, mais ce n'est guère intéressant.

— Ah! pensa Morin, vous ne voulez pas qu'on sache d'où vous venez, ma belle enfant?

9.

Comme il vous plaira! Peu m'importe. Vous
n'avez jamais posé? dit-il tout haut.

— Jamais.

— Nous tâcherons de ne pas trop vous laisser vous ennuyer; ce n'est pas très-amusant.

Les yeux de Bonne-Marie dirent clairement
que ce ne serait pas ennuyeux; mais le peintre
eut beau faire, il ne put y rien lire de particulièrement encourageant pour lui. La jeune
fille s'était levée; il se vit forcé d'abréger sa
visite.

— A lundi, dit-il; voulez-vous que ce soit à
une heure de l'après-midi?

— Comme il vous plaira, monsieur, répondit-elle.

— Vous avez mon adresse; d'ailleurs, nous
sommes presque voisins, dit Louis Morin.

Arrivé sur le seuil de la porte, il tendit la
main à la jeune fille, qui y mit la sienne; il avait
fait ce geste avec l'intention de lui débiter
quelque galanterie; mais cette main fraîche et
indifférente qu'il tenait lui en ôta l'envie. Il se

contenta de la serrer en camarade, et descendit
l'escalier en musant.

— La drôle de fille, se disait-il tout le long
du chemin; on ne peut pas dire qu'elle pose
pour la vertu, car elle ne pose pas, et pourtant... Enfin nous verrons.

Le lundi était venu : sous le jour égal et
doux de l'atelier, Bonne-Marie posait. Debout,
un roman à la main comme devant le public,
elle se tenait droite, et sa robe noire, car elle
portait toujours le deuil de son père, dessinant
sa taille flexible, tombait en plis gracieux.
Inquiète et joyeuse, elle suivait avec curiosité
les mouvements du peintre debout devant elle
et qui lui semblait faire des incantations sur sa
toile. Contrairement à ce qu'avait annoncé
Morin, ils étaient seuls dans l'atelier; il avait
voulu tracer son esquisse et choisir la pose
sans l'ennui des conseils d'amis qui se contre-
disent, vous ahurissent et laissent tout le monde
mécontent.

Tout en travaillant, il lui parlait de temps

en temps, pour soutenir son attention et l'empêcher de s'ennuyer.

Bonne-Marie, le plus souvent muette, lui répondait parfois : ses réponses, toujours justes, dévoilaient une telle ignorance du monde et de ses usages que plus d'une fois le peintre étonné s'était arrêté dans son travail pour examiner attentivement son modèle.

— Elle se moque de moi! s'était-il dit à plusieurs reprises.

Mais le visage pur et calme de Bonne-Marie excluait toute idée de moquerie; on n'exécute pas une mystification avec cet air calme et ce regard angélique. Plus dérouté que jamais, le jeune homme avait repris le fusain et s'était remis à son esquisse avec une nouvelle énergie.

— Voilà! s'écria-t-il enfin, en faisant pivoter son chevalet du côté de la jeune fille.

Elle descendit de l'estrade et courut à la toile... C'était là son portrait? ces traits noirs qui barbouillaient le gris clair du fond représentaient son image? Elle resta muette et désappointée.

Morin ne put s'empêcher de rire.

— Vous n'y voyez rien, n'est-ce pas? dit-il
de bonne humeur : patience, cela viendra.
Venez-vous dîner avec moi?

Bonne-Marie fit lentement un signe négatif.

— Comme vous voudrez; j'ai pour principe
de ne contraindre personne. A demain, alors.

— Irez-vous là-bas ce soir? demanda la
jeune fille, non sans hésitation.

— Certainement! fit Morin avec empressement.

— A tantôt, alors! dit Bonne-Marie en remet-
tant son chapeau.

— Vous vous en allez comme cela, tout de
suite? Nous ne causerons pas un peu?

— Non..., pas encore, répondit lentement
la jeune fille; plus tard, quand nous nous
connaîtrons mieux...

— Mais je vous connais très-bien! s'écria
Morin en lui prenant la main et en la ramenant
auprès de la toile. Voulez-vous que je vous
dise votre histoire?

Elle le regardait avec des yeux surpris et
pleins de questions confuses.

— Vous avez été élevée en province, reprit
imperturbablement le peintre; on vous a donné
une très-bonne éducation, trop bonne pour la
vie que vous deviez mener; vous vous êtes
ennuyée... Là-dessus, on vous a fait de la
peine... et vous êtes venue à Paris pour voir
si la vie n'y était pas meilleure que là-bas.
Est-ce vrai?

— C'est vrai! murmura Bonne-Marie, stupéfaite de tant de perpicacité. Pour elle, les paroles du jeune homme n'avaient d'autre signification que celle qu'elles paraissaient avoir;
pour lui, c'était tout autre chose; mais ils ne
devaient pas venir à bout de se comprendre,
car pour chacun d'eux le même mot avait une
valeur différente.

— Vous voyez bien que je vous connais!
poursuivit Morin; vous apprendrez bien vite à
me connaître aussi! Je suis un bon garçon,
j'aime tout ce qui rend la vie agréable, j'ai bon

caractère et... et je vous aime, mademoiselle Luciane.

— Non, répondit Bonne-Marie en pâlissant d'émotion, ne me dites pas cela..., je vous en prie, ne me le dites pas...

— Il faut pourtant que je vous le dise, jusqu'à ce que vous vouliez bien le comprendre.

— Ne parlons pas de cela, répliqua la jeune fille. Pour le moment, vous faites mon portrait...

— Faudra-t-il attendre qu'il soit fini? Alors je vais joliment me dépêcher !

— Ne vous dépêchez pas, dit Bonne-Marie en souriant, nous avons le temps.

Elle sortit, un peu tremblante, heureuse de se sentir aimée, inquiète de voir que ce beau jeune homme le lui disait si délibérément.

Le lendemain, quelques minutes avant l'heure de la séance, Morin essayait de faire place nette dans son atelier.

— Voyons, mes amis, disait-il, soyez sérieux. Je vous jure que Luciane est une personne

comme il faut. Vous allez me l'effaroucher avec
vos bérets. Allez-vous-en.

Ceux auxquels s'adressait ce discours étaient
deux camarades, dont les ateliers fort modestes
donnaient dans le même jardin que le sien.
Grands flâneurs devant l'Éternel, on les trouvait ordinairement l'un chez l'autre ou tous
deux chez Morin.

Ils passaient la moitié de leur temps à se
plaindre des bourgeois qui ne les comprenaient
pas, de la lumière qui leur manquait, des marchands de tableaux qui achetaient leurs pein-
tures à des prix dérisoires pour les expédier
en province et en Amérique, sans leur faire
l'honneur de les exposer jamais dans leurs
superbes vitrines; après quoi il leur restait
encore quelques heures par jour pour discuter
sur les arcanes les plus secrets de l'art.

L'un d'eux s'intitulait réaliste et l'autre simplement coloriste, on ne sait trop pourquoi, car
ils s'imitaient mutuellement sans le vouloir, et
leurs toiles ne différaient que par la signature.

Un jour, le réaliste avait dit à son camarade :

— Tu sais, ton esquisse du *Moulin de la Galette* : elle est très-bien.

— Parbleu ! c'est une ébauche de maître.

— Écoute. J'ai un bourgeois qui m'a commandé un paysage parisien. C'est promis pour ce soir, et il pleut ! Prête-moi ton moulin ; je le signerai, et le bourgeois m'en donnera cent francs. Cent francs, entends-tu ? pour une toile de *trois*. Est-ce dit ? Je te ferai demain en échange une vue des terrains vagues de Montmartre, un désert épique, et nous souperons ce soir. Il y aura des huîtres.

Le coloriste avait consenti. Quelques jours après, il signait le désert épique de son camarade, et le vendait cent cinquante francs.

— Allez-vous-en, mes amis, je vous en prie ! répéta Morin d'un ton lamentable.

— Mais puisque nous tenons à voir Luciane ! Tu nous as consignés hier, c'était bon pour le premier jour. Nous ne partirons pas sans avoir vu Luciane.

— Allez au moins faire un brin de toilette.

— Oh! de la toilette! C'est donc une prin-
cesse des Asturies?

— Faites cela pour moi; vous ne pouvez
pas me le refuser.

— Soit. Tu jures de nous laisser rentrer?

— Oui, mais tenez-vous bien quand elle
sera là.

— Sois tranquille. Nous serons sérieux
comme des membres de l'Institut.

Bonne-Marie arriva quelques minutes après,
et trouva Morin sous les armes, ses pinceaux
à la main. Sur sa palette nettoyée et polie
comme un miroir, le blanc d'argent, l'outre-
mer, le jaune de Naples, l'ocre, le bitume, le
vermillon, formaient de grosses larmes régu-
lièrement rangées en demi-cercle. La jeune
fille regarda curieusement ces taches éclatantes
où l'artiste allait puiser les finesses de son teint
nacré, l'éclat de ses yeux humides, le sourire
délicat de ses lèvres un peu pâlies.

Comment le prodige allait-il s'accomplir?

Quel génie mystérieux allait dire tout bas au jeune peintre quels atomes de couleur il devrait choisir du bout de son pinceau pour faire naître sur la toile une image vivante, le visage inquiet et pensif qu'elle avait quelquefois longuement regardé dans son miroir encadré d'or ?

Morin, vêtu d'une vareuse de velours noir, coiffé d'une toque en velours de même couleur, qui rappelait la coiffure des peintres de la Renaissance, Morin lui fit en ce moment l'effet d'un être supérieur aux autres hommes, d'un enchanteur jeune et charmant, digne d'être aimé par toutes les princesses de la terre. Elle se sentit faible devant lui; elle eut presque peur de son doux regard.

— Vous êtes seul? dit-elle involontairement après un court échange de questions banales.

Morin devina les impressions de la jeune fille.

— Tout seul! dit-il gaiement avec cet air cordial qui était un de ses dons. Mais je crains

bien de ne pas avoir longtemps le plaisir d'un
tête-à-tête avec vous. Mon atelier ne désemplit
guère. Si vous étiez venue cinq minutes plus
tôt, vous l'auriez trouvé trop rempli; et je
parierais bien qu'avant cinq minutes quelqu'un
viendra nous déranger.

Un joyeux sourire éclaira le visage de
Bonne-Marie.

— Qui est-ce qui vient vous voir ordinairement? demanda-t-elle.

— Des amateurs, des marchands de tableaux,
des camarades. Ma porte est toujours ouverte,
depuis qu'un mauvais plaisant a mis ma sonnette hors d'état de servir.

— Un mauvais plaisant ? répéta Bonne-
Marie stupéfaite.

Elle s'était imaginé qu'il n'y avait pas de
place pour les plaisanteries, bonnes ou mauvaises, dans cette vaste salle, ancien atelier
de sculpture, qui lui faisait l'impression d'une
église. Sur ces hautes murailles nues, blanchies
à la chaux, on voyait çà et là, séparés par de

grands espaces vides, un fragment de frise de
Phidias, un dos moulé d'après nature, le torse
en plâtre de la Vénus de Nîmes, des esquisses
de paysages, quelques têtes d'étude, des copies
d'après les peintres primitifs, par exemple la
merveilleuse madone de Botticelli du Louvre.
Tous ces souvenirs d'un lointain passé, tous
ces trésors d'art que le vulgaire admire vaguement sans les comprendre, et que Bonne-Marie
regardait avec une émotion respectueuse, tout
cela ne disait-il pas clairement que le maître
de cet atelier devait vivre dans des régions
idéales, bien loin des mesquineries humaines?

— Voyez plutôt! reprit Morin en levant un
doigt vers la muraille au-dessus de la porte
d'entrée.

Bonne-Marie aperçut, fourrée de force dans
la sonnette, une petite poupée dont les jambes
en peau rose, bourrées de son, pendaient mélancoliquement.

— Il me faudrait une échelle pour la dé-
crocher, dit Morin avec un sourire indulgent

pour cette plaisanterie, et je n'en ai pas. Voilà pourquoi mon atelier est devenu une place publique. Mais si cela vous contrarie...

— Oh! non, dit Bonne-Marie avec empressement.

La séance commença. Mais au bout d'un quart d'heure, les deux voisins curieux faisaient irruption dans l'atelier.

— Nous te dérangeons? Nous sommes indiscrets? dirent-ils en duo de l'air le plus sérieux.

— Pas le moins du monde; entrez. Mademoiselle Luciane me permet de recevoir mes amis en sa présence. Qu'est-ce que tu m'apportes là? continua Morin en s'adressant au coloriste.

— Mon dernier panneau. Une commande, mon cher! Je n'en suis pas trop mécontent.

Le coloriste exhiba une planchette en bois blanc grande comme les deux mains, où l'on voyait représentés en grandeur naturelle un petit pot de faïence bleue sur un plat jaunâtre et une cuiller d'argent.

— C'est l'application de mon principe général d'esthétique.

— Vous permettez? fit Bonne-Marie curieuse, abandonnant sa pose pour jeter un coup d'œil sur le chef-d'œuvre nouvellement éclos.

— Comment donc, mademoiselle! trop heureux... Mon principe, continua le coloriste pendant qu'elle regardait, renferme l'art tout entier, mais il n'est pas long à énoncer : « De tout dans tout, et de tout partout », voilà.

— Oui, oui, je le connais, interrompit Morin avec son éternel sourire qui eût paru dédaigneux s'il n'avait pas été en même temps bienveillant.

— C'est possible, mais mademoiselle ne le connaît peut-être pas. Ce principe qu'Eugène Delacroix avait entrevu, je l'ai formulé, et je l'applique à tous les genres. En dehors de mon principe, il ne peut pas y avoir de véritable peinture, car la peinture, c'est la couleur, et la couleur, c'est l'harmonie. Or, qui dit harmonie dit chef-d'œuvre; est-ce clair? Dans la

nature, tous les tons se mêlent harmonieuse-
ment. C'est pourquoi Delacroix mettait du bleu
dans ses chairs et des tons de chair dans ses
ciels. Aussi, quel coloriste!

— Pourquoi as-tu mis cette tache bleue au
fond de ta cuiller? interrompit de nouveau
Morin.

— Ce doit être un reflet de mon pot à con-
fitures.

— Mais ta cuiller lui tourne le dos!

— Tu crois? Ah! oui, c'est un reflet de la
lumière du ciel.

— Par où venait-elle donc, ta lumière du
ciel?

— Par mon châssis!

— Hum! en automne : voilà un ciel bien
bleu pour la saison. Les tons ne se mêlent pas
tant que ça dans la nature.

— Eh bien, quand ils ne le font pas, ils ont
tort! répliqua le coloriste avec énergie.

— Ah! mon ami, intervint le réaliste, per-
mets-moi de t'arrêter ici. Où irons-nous si nous

mettons la nature dans son tort? La nature ne
se trompe jamais, tiens-toi cela pour dit.

— Mais Delacroix ?

— Delacroix était un pur crétin, tu connais
mon opinion là-dessus. Pardon, mademoiselle,
pour cette expression un peu vive : je veux
dire que Delacroix a fait bien du mal à ses
contemporains. Parlez-moi de Velasquez, voilà
un homme !

— Velasquez, je ne dis pas non, insinua le
coloriste. S'il avait connu mon principe, il serait
le premier des peintres. Rembrandt, c'est autre
chose : il avait soupçonné mon principe.

— Rembrandt? Il ne savait peindre qu'avec
du bitume.

— Justement, il en a mis partout et dans
tout, c'est ce qui fait son génie !

— Son génie? Allons donc! Ce n'est qu'un
faux réaliste.

Ils continuèrent à discuter, appelant cré-
tins les peintres qui ne leur plaisaient pas.
L'un des deux, dans l'ardeur de la discussion,

10

finit par prendre Bonne-Marie pour arbitre.

— Je suis une ignorante, répondit-elle en rougissant : je n'entends rien à vos idées ; mais il me semble que tous ces hommes-là doivent avoir quelque mérite, puisque leurs tableaux sont dans des musées et qu'on parle encore d'eux si longtemps après leur mort.

— Messieurs, vous êtes battus! s'écria Morin radieux. Le bon sens vient de parler par la bouche de mademoiselle Luciane.

Bonne-Marie rougit encore plus fort, mais de plaisir cette fois. Pour se donner une contenance, elle alla reprendre sa pose.

— Tiens! fit le coloriste en levant la tête, voilà ta poupée qui remue. On sonne. Entrez! ajouta-t-il d'une voix de stentor, sans remarquer le regard furibond que lui lançait Morin.

— Comme c'est gentil, cet atelier, de plain-pied avec un jardin! fit le nouveau venu en ouvrant largement la porte. On ne pourra pas dire que vous faites faire antichambre à vos hôtes! Bonjour, mon cher grand artiste, com-

ment va? Cette précieuse santé..... toujours
florissante, n'est-ce pas?

Morin, fort surpris, mit le bout de son doigt
dans la main qui lui était tendue, et s'inclina
d'un air strictement poli. Ce visage-là ne lui
rappelait rien.

L'inconnu glissa un regard furtif vers Bonne-
Marie. Elle le reconnut.

C'était un nouvel habitué du foyer; la pomme
de son stick aux dents, le carreau dans l'œil,
il étalait imperturbablement sa bêtise et son
aplomb en tout lieu, à toute heure, en toute
circonstance; seulement, le soir, ses cheveux
paraissaient plus roux, et le matin ils semblaient
plus jaunes. Quant à son œil bleu, c'était toujours le même, brillant, vernissé, pâle, à fleur
de tête; toujours le même aussi, le sourire qui
découvrait une mâchoire proéminente et qui
disait avant les lèvres : « Parfait! comme c'est
touché, hein? » à chaque balourdise, qu'elle
vînt de sa part ou de celle des autres.

Cet attrayant personnage ne se laissait pas

démonter : au silence de Morin il opposa le
verbiage le plus obstiné.

— Que je ne vous dérange pas, surtout !
Faites, je vous prie, comme si je n'étais pas
là. Oh ! reprit-il en sursautant, quel charmant
hasard ! Mademoiselle Luciane en personne, la
véritable étoile des Champs Elysées ! Veuillez
me pardonner de ne vous avoir pas reconnue
plus tôt. Je m'attendais si peu... Quel heureux
hasard ! Cette robe noire me dépaysait tout à
fait : elle vous va adorablement, du reste. Si
vous chantiez ce soir dans ce costume, vous
auriez un succès étourdissant.

— Je suis en deuil, monsieur, répliqua doucement Bonne-Marie.

— Ah ! mille pardons, mademoiselle. Excu-
sez-moi. Je suis un imbécile.

— Il ne croit pas si bien dire ! chuchota le
réaliste à l'oreille de son camarade.

— Je suis un véritable imbécile. Où diable
avais-je l'esprit ?

— Veuillez m'excuser, monsieur, lui dit froi-

dement Morin, nous sommes en séance. Si vous
avez la bonté de revenir me voir dans une
heure, pour m'apprendre le motif qui vous
amène...

— Eh! mon cher maître, le motif qui m'amène
n'a rien de secret ! mon admiration pour votre
superbe talent suffirait seul à m'attirer ici !
répondit le cocodès en jetant à Bonne-Marie un
regard en coulisse qui démentait ses paroles.
Vous vous rappelez, cher maître, l'autre jour,
quand Maurisset nous a présentés l'un à l'autre... vous vous rappelez?

Morin fit un signe de vague acquiescement.

— Il m'a dit : Écoutez, Mellunard, vous qui
avez un papa millionnaire (ici Mellunard jeta
de nouveau un coup d'œil sur la jeune fille
pour voir l'effet produit), vous qui avez un papa
millionnaire, voulez-vous que je vous indique
le moyen de bien placer un peu d'argent à
papa? Achetez un tableau de Morin! Maurisset
donne rarement d'aussi bons conseils : aussi,
cher maître, me voilà.

10.

— M. Maurisset est bien bon de penser à moi... répliqua le peintre.

— Oh! il connaît votre talent mieux que vous-même! Je dis mieux que vous-même, car votre modestie bien connue vous empêche de vous apprécier à votre juste valeur. Le vrai talent s'ignore toujours.

Morin, qui ne ressemblait guère à la violette, méritait moins que personne cet éloge. Il se demanda un moment si Mellunard ne se moquait pas de lui. Mais non, Mellunard répétait une phrase toute faite, qu'il avait entendue énoncer un jour n'importe où.

— Vous êtes indulgent, dit le peintre, pour dire quelque chose.

— Du tout, du tout! Donc, je suis venu vous demander une petite toile signée de votre nom.

Les deux camarades de Morin, qui écoutaient en silence cette conversation, se levèrent discrètement pour ne pas effaroucher le bourgeois, et filèrent sans bruit.

— Je n'ai pas en ce moment de toiles disponibles, répondit le jeune peintre, si froidement que Bonne-Marie en fut surprise.

— Oh! cela ne fait rien, vous pouvez bien m'en faire une sur commande... un petit machin avec des arbres, comme les tableaux de chose... hein! comment s'appelle-t-il, celui qui peint des saltimbanques?

— Je ne peins pas de saltimbanques, répliqua Morin en cherchant des couleurs sur sa palette, du bout de son pinceau.

Ce geste fit avancer vers la toile Mellunard et son monocle.

— Oh! parfait, délicieux! fit-il en montrant toutes ses dents; c'est mademoiselle Luciane? Elle est vivante... Ma parole, on croirait qu'elle va parler, ou plutôt qu'elle va chanter! reprit-il en riant de son propre esprit et en faisant tourner son insupportable lorgnon autour de son cordon de soie.

Morin, agacé, cherchait toujours des couleurs et, depuis un moment, fouillait nerveu-

sement dans un petit tas noir de pêcher ; depuis
l'entrée du jeune importun, il n'avait osé regarder Luciane ; après tout, qui sait si cet intrus
n'était pas le bienvenu pour elle ? Qui sait si
elle ne lui avait pas dit de venir le retrouver
chez lui ?

A cette pensée, pris de colère, il brandit
son pinceau et de chaque côté de la bouche à
peine ébauchée de Bonne-Marie, il ajouta une
triomphante moustache à la hongroise.

— Je la trouve mieux ainsi, qu'en pensez-
vous ? dit le peintre en regardant en face son
interlocuteur.

La jeune fille, fort ennuyée, très-embar-
rassée, avait gardé le silence et même s'était
obstinée à regarder les objets qui meublaient
l'atelier ; seule sur l'estrade, elle n'avait pu
deviner le sens du geste de Morin, pas plus que
la signification de son étrange question. La
seule chose claire pour elle fut la stupéfaction
du gommeux. Ahuri par cette action bizarre,
qui sortait tout à fait de ses idées sur l'art et

la peinture, le beau fils était resté la bouche
ouverte, l'œil fixe; son col de chemise, très-
décolleté, semblait s'être retiré de son cou
tendu, comme se retire le flot à marée basse;
le lorgnon pendait au bout de son cordon suspendu à l'index immobile et toujours levé.

Bonne-Marie, déjà nerveuse et agacée, fut
prise d'un accès de fou rire. Elle chercha de la
main le fauteuil qui lui servait pendant les
moments de repos, s'y laissa tomber, et l'atelier retentit pendant un moment de son rire
sonore et cristallin, qui finit par gagner le jeune
peintre et le sujet lui-même de toute cette belle
joie.

— Ah! délicieux! fit-il après avoir ri un
instant; très-drôle, mais...

— Voyez-vous, cher monsieur, reprit Morin,
totalement rassuré par la gaieté de Bonne-
Marie, c'est nerveux, c'est un tic que j'ai;
lorsqu'on me trouble dans mes méditations,
ces choses-là m'arrivent presque toujours.

— Oh! je suis désolé, désolé en vérité, si

j'avais pensé... Cher maître, vous me ferez une petite toile, c'est entendu, et pendant que vous la peindrez, vous me permettrez bien de venir en surveiller les progrès; j'aurai, je l'espère, le plaisir inestimable de rencontrer ici mademoiselle et...

— Et nous aurons de jolies petites séances de famille, n'est-ce pas? gronda Morin; pendant que nous y serons, on priera le concierge de monter avec ses ravaudages, et le chat aussi? Et cet hiver nous ferons cuire des marrons dans le poêle? Non, mon bon monsieur; je ne travaille pas comme cela! Je ne fais pas de peinture à l'heure!

Mellunard, interdit, recevait cette avalanche à peu près comme les noyers reçoivent les coups de gaule. Il comprit cependant que Morin ne voulait pas lui laisser voir Luciane chez lui, et il se promit de la voir ailleurs.

— Je regrette, cher maître, dit-il, essayant de faire ce qu'en stratégie on appelle une belle retraite; j'aurais bien aimé avoir une toile de

vous dans mon salon : j'aurais bien donné...
quinze cents francs pour un petit paysage...

— Avec des saltimbanques? interrompit
Morin.

— Mon Dieu, je ne tiens pas aux saltimbanques...

— Moi non plus, fit le peintre en perfec-
tionnant les moustaches de son portrait.

— Mais alors?... glissa Mellunard avec empressement.

— Alors, cher monsieur, je ne fais pas de
tableaux sur commande; allez à l'atelier à côté,
la porte à gauche ou bien la porte à droite; on
vous fera tout ce que vous voudrez; pour moi,
je crains de vous avoir fait perdre votre temps.

— Oh! pas du tout! répondit naïvement Mellunard. Je n'ai rien à faire.

Bonne-Marie réprima difficilement un second
accès de gaieté, que Morin faillit faire éclater
en lui lançant un regard de connivence. Le
visiteur malencontreux se décida enfin à quitter l'atelier et termina ainsi son odyssée avec

un salut irrésistible à l'adresse de Luciane :

— Je repasserai un de ces jours, puisque aujourd'hui...

— Oh ! ce n'est pas la peine, répliqua Morin avec une esquise politesse; c'est tous les jours la même chose !

Après avoir fermé la porte sur le protecteur des arts, le jeune peintre poussa le verrou de crainte de nouvelle intrusion, et revint vers son modèle. Bonne-Marie, délivrée de toutes ses frayeurs et n'étant plus retenue par la politesse, riait plus fort que jamais sur l'estrade. Elle riait si bien que deux larmes coulaient lentement sur ses joues nacrées, et chaque effort pour l'arrêter ne servait qu'à la faire repartir de plus belle. Morin éprouva à la voir si naïvement gaie une émotion singulière et qu'il ne connaissait pas encore; il fut touché de la voir s'abandonner ainsi avec la grâce et l'innocence d'une enfant.

— C'est bon de vous voir rire, dit-il en s'asseyant à ses pieds sur le tapis de l'estrade;

vous avez l'air d'un bébé qui va à Guignol pour la première fois.

Guignol parut à la jeune fille une comparaison si heureuse avec l'hôte qui venait de les quitter, qu'elle rit de plus belle, jusqu'à ce que ses jolies larmes fussent tombées sur son corsage; alors elle s'arrêta, et, confuse de s'être oubliée ainsi chez un peintre, un homme de talent! elle rougit, devint timide et lui demanda :

— Qu'est-ce que vous avez fait à mon portrait, pour faire faire à ce monsieur une si drôle de figure ?

— Vous verrez, répondit Morin en souriant.

Elle voulut se lever, il l'en empêcha.

—Nous avons le temps, dit-il; restez un peu là; c'est si bon. N'est-ce pas que cela lie de rire ensemble? Nous voici déjà vieux amis!

— Mais vous n'avez pas ri! fit Luciane, ou si peu !

— Je ris en dedans, répondit Morin en se

11

rapprochant d'elle. N'est-ce pas que nous voilà
déjà amis?

— Je ne sais pas, répondit la jeune fille
troublée; il me semble que oui...

Le temps s'était écoulé, le jour baissait
rapidement, et l'atelier était déjà envahi par
cette teinte grise qui semble venir plus vite
et plus tôt dans les ateliers que partout ailleurs,
peut-être à cause de leur exposition au nord.
Dans cette demi-obscurité, tout devenait plus
vaste et plus lointain; un vague frisson passa
sur le corps de la jeune fille, qui se leva.

— On est bien ici, n'est-ce pas? lui dit
Morin en la retenant par un pli de sa robe.

— Oui... il faut que je rentre... il est
tard...

— Luciane, dit le jeune homme en lui prenant la main, restez... il fait bon, vous savez
que je vous aime...

Le cœur de Bonne-Marie battait bien fort
sous sa robe noire; elle écoutait, attendant
encore quelque chose...

— Je vous aime, répéta Morin. Et vous, ne m'aimez-vous pas?

— Je ne sais pas, répondit-elle, guidée par sa double prudence instinctive de femme et de Normande.

— Essayez, fit le jeune homme en voulant lui prendre l'autre main.

— Quand nous nous connaîtrons mieux! répliqua la jeune fille en se dégageant.

En un clin d'œil elle eut remis son petit chapeau et son pardessus.

— Au revoir, dit-elle à Morin en lui tendant la main, mais comme à un ami.

— A demain! répondit-il, soudain réveillé de son rêve et rentrant dans la vie. Demain, resterez-vous?

— Non! fit-elle en souriant et en secouant la tête.

Elle disait non; Morin comprit : oui.

Pourquoi eût-elle été différente des autres, cette aimable chanteuse de café-concert?

Combien de femmes déjà s'étaient attardées

dans le demi-jour de cet atelier cha mant?
N'avaient-elles pas toutes commencé par donner les mêmes défaites? N'avaient-elles pas
toutes feint de vouloir partir? et pourtant elles
étaient restées!

Le lendemain, il pleuvait; le jour triste et
gris entrait par la grande fenêtre et semblait
apporter du froid; les deux voisins de Morin,
installés dans l'atelier depuis deux heures,
comme de coutume, s'étaient lancés dans d'in-
terminables discussions théoriques; aussi la
séance fut-elle très-fructueuse pour le portrait
de Bonne-Marie et absolument nulle pour les
espérances de Morin.

Il avait bien pensé à aller voir la jeune fille
chez elle, mais on ne sait quelle sorte de fausse
honte l'en avait empêché : il ne voulait pas
avoir l'air de tenir à elle au point de ne pouvoir se contenter de la voir une fois par jour.
La pluie continua, et les séances se succédè-
rent, à peu près semblables.

Une semaine environ s'était écoulée depuis

que Bonne-Marie avait fait son entrée dans l'atelier du peintre, lorsqu'il se décida à aller a voir un soir au foyer du café-concert.

Déjà les feuilles mortes s'amassaient en gros tas le long des clôtures de fusains et de troënes, et tous les matins une escouade de balayeurs avait grand'peine à nettoyer les Champs-Élysées; l'hiver allait venir; il faudrait quitter la joyeuse salle en plein air, ouverte comme un panier de fruits, comme une bonbonnière plutôt, si fraîche en été, si gaie avec la monture de globes laiteux qui semblait la sertir comme un joyau; il faudrait aller s'enfermer dans quelque salle du centre de Paris, où l'odeur du tabac et des consommations alourdit l'air échauffé par le gaz... On avait parlé de cela dans la journée, et Bonne-Marie avait senti le cœur lui manquer rien qu'à cette pensée.

Pour elle, élevée au grand air, l'atmosphère des appartements étroits et des salles étouffées était un véritable supplice. Une seule fois, elle

avait obtenu une soirée de liberté, et Clotilde
l'avait emmenée au théâtre; elle était restée
abasourdie plus qu'enchantée de cette expédi-
tion, à la joie extrême de Clotilde, qui ne
cessait de la railler et de l'appeler « la belle
sauvage ».

Le soir que Morin se décida à pénétrer dans
le foyer, la troupe était fort en rumeur; on
venait d'apprendre que le directeur avait loué
une des plus belles salles de Paris et comptait
y faire une saison magnifique. A la fin de
septembre, désormais prochaine, on y émi-
grerait, et un répertoire nouveau enchanterait
l'ancien public des habitués, pendant que le
vieux répertoire continuerait à charmer les
oreilles des amateurs qui ne manqueraient pas
d'accourir.

Une place considérable était donnée à mademoiselle Luciane dans cette combinaison; par un
calcul très-judicieux, Maurisset s'était dit : —
Je la paye cher, donc il faut qu'elle chante beaucoup pour me rapporter l'intérêt de mon argent.

Cette combinaison ne plaisait pas à tout le
monde; si Bonne-Marie conservait encore
assez de son premier zèle pour accepter avec
joie toute occasion de se produire devant le
public et de recueillir des applaudissements,
les autres chanteuses, qui par là se voyaient
reléguées dans l'ombre, ne se faisaient pas
faute d'attaquer soit le directeur, soit la nouvelle venue, qui joignait à tous ses autres torts
celui de faire bande à part.

Clotilde, qui l'avait d'abord défendue, venait
de passer dans le camp ennemi. Par un coup
de Jarnac, Maurisset, sans prévenir personne,
avait mis le matin même le nom de Luciane
en vedette sur l'affiche « pour voir », disait-il.

Ce fut une révolution; le directeur eut à
subir le premier assaut dans la matinée, mais
il en avait vu bien d'autres depuis qu'il était
directeur. Le soir venu, Bonne-Marie, qui ne
se doutait de rien et n'avait pas même regardé
l'affiche, se trouva accueillie par une grêle
d'épigrammes, la plupart aussi grossières qu'a-

cérées; son instinct parisien, nouveau-né,
n'était pas assez puissant pour lui faire sentir
la portée de tout ce qu'on lui disait, mais elle
en comprit la moitié et devina le reste. Fort
digne, pâle de colère et d'indignation, elle
subit tous les sarcasmes et feignit de ne rien
comprendre; sa froideur piqua de plus en plus
les dames, qui essayèrent d'engager leurs adorateurs dans cette lutte; ceux-ci préférèrent
s'abstenir, car Luciane était fort jolie, et il ne
fallait pas se brouiller avec elle, on ne savait
pas ce qui pouvait arriver!

Sur ces entrefaites, Mellunard entra; s'il
recherchait Bonne-Marie, c'est que Clotilde lui
avait donné envie de la connaître. Clotilde était
une de ces femmes tout en dehors, qui ne peu-
vent rien garder pour elles; Mellunard, devenu
depuis peu son meilleur et plus intime ami,
s'était fait raconter peu à peu par l'expansive
chanteuse tout ce qui avait trait à mademoiselle
Luciane, et le résultat de ces conversations
avait été que Luciane, qu'il ne connaissait que

de vue, lui avait paru plus désirable que Clotilde; et puis il y avait encore une autre raison
à ce changement soudain : Clotilde était extrê-
mement dépensière, tandis que Luciane paraissait très-rangée et même économe. Or, Mellunard, quoique fort riche, était un jeune
harpagon de la plus belle venue.

Lorsque Morin fit son entrée au foyer, Clotilde chantait; Mellunard, accoudé à une console boiteuse, versait un flot de galanteries
dans l'oreille de Bonne-Marie, qui ne l'entendait pas. En ce moment, elle songeait à Omonville, à ses promenades solitaires le long de la
falaise, à ses rêves d'ambition et d'amour, à cet
inconnu qui apparaîtrait soudain dans sa vie
et l'emmènerait vers la fortune et le bonheur...
Son rêve ne s'était pas réalisé jusque-là...
Morin l'aimait-il vraiment? l'aimait-il assez
pour lui faire oublier toutes les petitesses de la
vie?

Ennuyée du verbiage monotone de Mellunard, elle allait se retourner pour lui répondre

11.

quelque moquerie, lorsqu'en levant les yeux,
elle aperçut Morin sur le seuil. Le cœur de la
jeune fille battit d'une émotion indicible; avec
la superstition ordinaire aux amoureux et, en
général, à tous ceux qui n'ont pas de chance,
elle considéra la présence du jeune homme
comme une réponse de la Providence aux
questions qu'elle se posait tout à l'heure; oui,
elle serait heureuse, puisqu'il était venu!

L'expression de joie qui anima ce beau
visage eût attendri un juge; mais Clotilde, qui
entrait en ce moment par l'autre porte, n'était
pas un juge; voyant Mellunard confit en ado-
ration auprès de son amie, et constatant l'air
radieux de celle-ci, elle se crut trahie. Croi-
sant ses beaux bras nus sur sa poitrine de
déesse, elle s'écria :

— Eh bien! voilà du joli! Ce n'est pas
assez de prendre ma place sur l'affiche; il faut
aussi que tu me prennes mes amis?

Les autres personnes présentes se retournè-
rent, enchantées de voir une bonne petite

querelle s'engager entre les deux étoiles rivales.
Il y avait déjà longtemps qu'on se demandait
par quel miracle elles ne s'étaient pas encore
brouillées.

— Tes amis? répliqua Bonne-Marie, indignée de se voir apostropher ainsi devant Morin;
tes amis? J'ignorais que monsieur fût ton ami.

— C'est pourtant le secret de Polichinelle,
murmura très-haut une voix quelconque.

— Tu es bien trop vertueuse pour savoir
ces choses-là, toi, répondit Clotilde; mais tes
fausses apparences de vertu ne trompent personne... personne, entends-tu?

— Du moment où nous parlons de vertu,
répondit Bonne-Marie froidement, je me ré-
cuse en effet; ta vertu te fait des rentes, tandis
que la mienne me fera faire des dettes... ce ne
sont pas des vertus de la même famille.

Un brouhaha de rires s'éleva de tous les
côtés.

— Luciano, cria le régisseur, Luciano, vous
vous faites attendre!

Bonne-Marie se leva en hâte, mais elle avait tout le foyer à traverser et ne put éviter la dernière injure de son ex-amie.

— Quand on est vertueuse, on reste en province, on ne se fait pas chanteuse de casino; voilà mon opinion, et d'ailleurs je sais à quoi m'en tenir.

Là-dessus, Clotilde fit une scène à Mellunard, qui, le stick à la main, l'oreille basse, le lorgnon déconfit, aurait bien voulu être ailleurs.

Morin avait écouté tout cela en silence; l'amitié de Clotilde n'était pas un brevet de vertu pour Bonne-Marie, mais sa haine encore moins; d'ailleurs, elle venait d'insinuer perfidement qu'elle en savait plus long qu'elle n'en voulait dire; ces paroles ambiguës ne causèrent aucun chagrin au jeune homme. Jamais il n'avait considéré Luciane comme une vestale; elle lui paraissait mieux élevée, plus intelligente, surtout plus originale et plus naïve que les autres; que lui importait qu'elle eût eu ou non des aventures? Ce n'était pas une épouse qu'il cherchait. Après l'apostrophe de Clotilde, il sortit tranquillement et alla se poster à la porte.

Bonne-Marie, après avoir chanté, se glissa derrière les visiteurs qui encombraient comme toujours le foyer, et courut changer de toilette. Elle craignait de revoir Morin sous le coup de l'injure qui venait de lui être lancée; il y croyait peut-être? Comment pourrait-elle se disculper? Troublée, blessée au cœur, navrée de toutes ces petitesses, elle ne cherchait qu'une chose : la solitude, pour y réfléchir et trouver un peu de paix.

Quand elle eut revêtu sa robe noire, elle jeta une voilette sur son petit chapeau et se dirigea vers la porte des artistes; au moment où elle franchissait le seuil, la tête basse, évitant les regards, elle sentit une main prendre la sienne et la passer sous un bras... elle regarda stupéfaite celui qui la traitait avec si peu de cérémonie, vit que c'était Morin, baissa la tête et se laissa faire.

Ils marchèrent ainsi quelques instants silen-

cieux. Un lien très-fort venait dô se nouer entre
eux soudainement; Morin tenait le bras de
Bonne-Marie serré contre lui, et elle se sentait
soutenue, presque portée par ce bras qui était
celui d'un maître... Son cœur se fondit en elle;
c'était délicieux d'avoir un maître, d'être protégée, de ne plus être seule dans cette vie pleine
de chagrins, de déboires, de colères contenues...

— Que vous disait Mellunard? demanda
soudain le peintre.

Depuis un quart d'heure, son amour pour
Bonne-Marie avait grandi formidablement; ce
n'était auparavant qu'un caprice; depuis qu'on
l'avait insultée, c'était une passion, et il devenait jaloux, non d'un passé auquel il ne pouvait rien, mais d'un présent où il voulait régner
en maître.

— Je ne sais quelle sottise, je n'ai pas seulement entendu, répondit Bonne-Marie. O Clotilde! Clotilde! s'écria-t-elle tout à coup, le
cœur gros, prête à fondre en larmes, je croyais
qu'elle m'aimait!

— Est-ce que les femmes s'aiment jamais entre elles! répondit philosophiquement Morin; c'est un mythe, cela !

— Mais je l'aimais, moi! fit Bonne-Marie en étouffant un sanglot.

— C'était un tort.

— Elle m'avait fait du bien !

— Ce n'était pas exprès, soyez-en sûre! Quand elle vous a fait du bien, c'était pour faire du mal à une autre.

— Vous croyez? demanda Bonne-Marie, bouleversée.

— J'en suis sûr! C'était pour faire pièce à une de ses anciennes amies, qui venait de quitter l'Eldorado; elle avait peur de la voir engager par Maurisset, et elle vous a fait entrer à sa place.

— Comment le savez-vous? demanda la jeune fille.

Morin avait les meilleures raisons du monde pour ne pas le dire à Bonne-Marie, dont il recherchait les bonnes grâces; pour ne pas mentir tout à fait, il répondit :

— C'est un de ses amis intimes qui me l'a
dit; j'en suis certain comme si c'était moi-
même.

Bonne-Marie se remit à regarder le pavé. Il
pleuvait un peu, très-peu; c'était une de ces
petites pluies d'automne qui ressemblent à des
pluies de printemps et qui ne forcent pas à
ouvrir un parapluie. Après l'air échauffé du
foyer, l'atmosphère semblait d'une fraîcheur
exquise.

— Voilà donc ce que c'est que l'amitié!
pensa tout haut la jeune fille.

— Non, repartit Morin, cela n'est pas l'amitié, c'en est une apparence menteuse.

Bonne-Marie, par un retour subit et involontaire de sa pensée, se souvint de Jean-Baptiste; celui-là avait pour elle une autre amitié
que Clotilde; mais cette amitié-là, c'était de
l'amour... Morin aussi semblait l'aimer, et
c'était aussi de l'amour... mais celui-ci lui
paraissait doux et consolant! Elle garda le
silence.

— Ce Mellunard est un affreux imbécile! dit Morin, qui voulait en avoir le cœur net.

— Oui... avait-il l'air sot quand il a vu entrer Clotilde! Je ne lui connais qu'un mérite.

— Mellunard, un mérite? Lequel? car, pour ma part, je ne lui en connais pas!

— C'est d'avoir voulu acheter un de vos tableaux.

Morin ne put s'empêcher de rire.

— Ce n'est pas pour moi qu'il venait, c'était pour vous; vous le savez bien.

— Il est bien ennuyeux! soupira la jeune fille. Mais vous! vous êtes donc bien riche que vous avez refusé de lui vendre une toile?

— Moi? je ne suis pas riche du tout! Je gagne de quoi vivre, voilà tout! Mais quand j'aurai fait votre portrait, ce sera autre chose.

— Je puis donc vous être utile?

Morin sourit et pressa doucement le bras de sa compagne.

— Je compte sur vous pour faire ma fortune. Nous arriverons ensemble à la postérité.

— Il n'est pas riche, pensait Bonne-Marie, et il a refusé quinze cents francs parce que j'étais là... quel désintéressement !

— Dites, insista Morin, voulez-vous que nous arrivions ensemble à la postérité ?

—Si je le veux ! répondit la jeune fille, toute troublée par le sens qu'elle donnait à ces paroles. Ah ! certes, je le veux !

Il serra plus étroitement le bras qu'il tenait, et ils continuèrent leur route.

— Je vous aime, Luciane, reprit le peintre au bout d'un moment ; je vous aime jusqu'à l'absurde ; quand cette oie vous a dit des bêtises, tout à l'heure, j'ai eu envie de la battre ; et Mellunard, vous ne l'aimez pas ?

— Lui ? Quelle folie !

— C'est que l'autre jour il est venu si singulièrement ! j'avais pensé que peut-être vous le lui aviez permis.

A un mouvement de Bonne-Marie, il se hâta d'ajouter :

— C'est de la jalousie, vous savez ; il n'y a

rien de plus sot que la jalousie! Quand je suis jaloux, je suis encore plus bête que Mellunard.

La jeune fille sourit, leurs yeux se rencontrèrent; il se pencha sur elle tout en continuant à marcher. Il avait pris exprès par des rues désertes et peu éclairées; ils étaient presque seuls, car la pluie faisait rentrer les promeneurs, et l'heure s'avançait; Morin sentit qu'il fallait profiter de ce moment unique.

— Savez-vous, dit-il, ce qui serait bon dans mon atelier? Ce serait d'avoir le froufrou d'une robe de femme, de sentir deux bras s'appuyer sur le dossier de ma chaise, et de savoir qu'on est là à regarder ma peinture! C'est d'avoir mon joli modèle sous les yeux, à toute heure, dans toutes les poses, et de pouvoir s'en inspirer suivant la fantaisie, et non de deux à quatre heures de l'après-midi; ce serait de vous voir là, Luciane, de vous entendre chanter pour moi seul...

— Je ne m'appelle pas Luciane, dit tout à coup la jeune fille; je m'appelle Bonne-Marie.

— Bonne-Marie, c'est encore plus joli! s'é-
cria Morin; c'est poétique et bizarre... D'où
vous vient ce nom charmant ?

— C'est un nom de la Hague.

Morin ne savait pas où était la Hague; il
fallut le lui expliquer. Sans s'en apercevoir,
entraînée par la circonstance extraordinaire,
par une sorte de fièvre qui s'était emparée
d'elle, la jeune chanteuse lui décrivit son pays
sauvage et merveilleux; puis elle lui parla
d'elle-même, de son enfance, de ses rêves de
jeunesse... Un besoin de confiance irrésistible
s'était emparé d'elle; elle eût voulu qu'avant
de prononcer une parole irrévocable, Morin la
connût tout entière.

Il ne lui en demandait pas tant; il l'aimait
dans l'heure présente seulement et sans s'in-
quiéter du reste; il l'écoutait pourtant charmé,
surpris de tant de poésie dans cette chanteuse
d'alcazar, et aussi des sentiments élevés qu'elle
dévoilait inconsciemment.

— Quelle charmante compagne j'aurai là! se

dit-il; nous allons passer un hiver délicieux !

Ils étaient arrivés devant la porte de Bonne-Marie; elle s'arrêta, attendant toujours le mot qui ne venait pas. Il fit mine d'entrer.

— Non, dit-elle.

— Vous avez raison, murmura Morin, il ne faut pas se compromettre inutilement. Mais demain, à l'atelier?

— Demain... oui, à demain, dit doucement Bonne-Marie.

Il lui tendit sa main chaude et douce; elle y mit la sienne en tremblant un peu; il la garda un instant, sans rien dire.

Bonne-Marie aussi était muette : pendant que ses doigts tièdes et souples se resserraient autour des siens, elle sentait son âme se fondre en extase. Le bonheur rêvé était là tout proche, avec ses délicatesses exquises inconnues aux déshérités de ce monde. Le bonheur, c'était d'être aimée par un homme bien élevé, dont les paroles étaient élégantes, les mains soyeuses, l'esprit fin et discret; c'était d'aimer au milieu des œuvres de l'art le plus élevé, dans un logis plein de fleurs et de marbres, en foulant des tapis épais, à l'abri de rideaux amples et moelleux... Morin l'avait attirée peu à peu tout contre lui : la rue était déserte; il pleuvait toujours; il se pencha sur elle et mit un baiser sur ses cheveux brillants de gouttes de pluie.

Elle n'osa se dérober; son devoir le lui commandait, mais cette minute fugitive était si douce! le cœur lui manqua à la pensée qu'elle allait le quitter. Il le fallait pourtant.

— A demain, dit-elle.

Elle poussa la porte, toujours entr'ouverte jusqu'à onze heures, et s'enfuit en courant jusqu'à son quatrième étage.

Aussitôt entrée, elle ouvrit la fenêtre et regarda dans la rue. La silhouette de Louis Morin se dessinait sur le trottoir glissant et poli : insoucieux du temps, il allait d'un pas leste, comme un homme heureux, dégagé de tout souci...

— Mon Dieu, comme je l'aime! se dit Bonne-Marie, effrayée de la tendresse qui grandissait si rapidement en elle. C'est mal d'aimer ainsi !

Elle referma sa fenêtre et alluma une bougie, puis elle s'assit sur son petit canapé et médita longuement.

La bobèche qui éclatait au bas de la bougie consumée la tira de la méditation bien long-temps après; les heures lui avaient paru courtes dans le rêve éveillé qu'elle venait de faire.

— Non, se dit-elle en se levant, ce n'est pas mal d'aimer ainsi... son mari !

Elle se coucha et dormit comme les jeunes filles heureuses dorment la veille de leur noce, d'un sommeil léger et transparent où l'âme enchantée garde la conscience de son bonheur.

Le lendemain fut un jour charmant comme certaines journées d'avril. Le ciel, d'un beau bleu, était traversé à tout moment par de lé-gers nuages blancs, suivis parfois d'un nuage plus lourd et plus gris; le vent les chassait joyeusement vers le nord-est comme s'il eût été pressé de s'en défaire, — mais il ne pou-

vait les expédier assez vite pour épargner aux
Parisiens quelques averses, vite essuyées par
un joli rayon de soleil.

Bonne-Marie, levée de bonne heure, après
avoir tout rangé autour d'elle avec l'esprit
d'ordre qui la caractérisait, s'occupa de sa toilette, à laquelle elle apporta beaucoup de soin :
ses simples ajustements de deuil ne compor-
taient pas une grande variété de combinaisons,
mais le col blanc et bien repassé, le petit nœud
de ruban noir qui se plaçait au haut de la robe,
le velours noir qui retenait les magnifiques
torsades de ses cheveux, tous ces menus détails furent l'objet d'une inspection minutieuse.
Enfin, prête et parée bien avant l'heure, elle
pensa à son déjeuner. Un petit morceau de pain
trempé dans une tasse de lait fut tout ce qu'elle
put prendre, et encore ce fut plutôt une con-
cession aux usages qu'un déjeuner véritable.

Un peu après l'heure convenue, car, de peur
d'arriver trop tôt, elle s'était laissé attarder,
Bonne-Marie entra dans l'atelier. Morin aussi

s'était mis en fête ; la plus coquette de ses cra-
vates faisait un joli nœud négligé, et de gros
bouquets de fleurs d'automne resplendissaient
aux quatre coins de son atelier.

Il était seul et moins loquace que de coutume ; certes, l'amour que lui inspirait la
chanteuse était loin de ressembler à ce que
celle-ci ressentait pour lui ; mais, tel qu'il était,
le jeune homme se trouvait plus ému que d'ordinaire en pareille circonstance ; les confi-
dences que Bonne-Marie lui avait faites la
veille lui avaient révélé une nature au-dessus
du vulgaire ; il voyait maintenant que cette
jeune fille ne ressemblait en rien aux femmes
qu'il avait rencontrées jusqu'alors ; mais de là à
la prendre pour ce qu'elle était réellement, une
honnête enfant fourvoyée par ambition dans
un milieu malsain dont elle ne soupçonnait pas
la bassesse, il y avait loin, si loin que la distance était impossible à franchir.

En entrant, Bonne-Marie ôta son chapeau et
se mit sur-le-champ à la pose. Morin la laissa

faire : un peu de temps leur était nécessaire à
l'un et à l'autre pour se remettre des émotions
éprouvées durant leur courte séparation ; pendant un quart d'heure, le jeune homme peignit
assidûment, et Bonne-Marie, immobile sous son
regard qui allait sans cesse de la toile au modèle, garda le plus rigoureux silence.

— Et vos amis ? demanda-t-elle enfin, sentant l'attention du peintre se détourner du portrait pour s'attacher à elle.

— Ils ne viendront pas ; nous sommes bien
seuls, tout seuls.

Le silence recommença dans l'atelier. Au
bout d'un moment, Morin fit signe à Bonne-
Marie.

— Venez ici, lui dit-il, et regardez.

La jeune fille obéit et s'approcha de la toile.

Oui, Morin avait bien dit quand il s'était
promis d'en faire son chef-d'œuvre : les agita-
tions des derniers jours lui avaient communi-
qué le brin d'idéal qui lui manquait jusqu'a-
lors. Luciane, car ce n'était pas seulement

Bonne-Marie, mais aussi la chanteuse trans-
figurée par le feu de la rampe et l'attente du
succès, Luciane vivait sur cette toile; son regard profond pénétrait l'espace pour y trouver
ce que cherchent les romances; son teint
nacré, ses cheveux magnifiques, ses bras de
statue, tout était là; c'était Bonne-Marie, soit,
mais quelque chose de plus... ce qu'elle serait
dans quelques années si elle restait pure et si,
au lieu de revenir à un niveau vulgaire, elle
continuait à s'élever vers l'idéal de l'art.

— C'est beau! dit la jeune fille tout bas,
retenant son souffle devant cette image d'elle-
même, où elle osait à peine se reconnaître.

— Vous êtes contente? demanda le peintre
en s'approchant d'elle, tout près.

— Oh! fit-elle avec reconnaissance, avec
admiration, avec toute son âme enfin.

— Je ferai mieux que cela, reprit Morin :
je ferai un autre portrait de vous, plus tard...
ajouta-t-il en conduisant Bonne-Marie vers le
petit canapé.

Elle s'assit, et lui auprès d'elle, tenant toujours sa main.

Au bout de quelques secondes, pendant lesquelles la jeune fille entendit si distinctement les battements de son cœur que dans son idée Morin devait les entendre aussi, elle voulut parler et, sans lever les yeux, elle demanda :

— Avez-vous encore votre mère ?

— Oui, répondit Morin brièvement ; il avait pour principe absolu de ne jamais parler de sa famille à ses connaissances d'atelier, hommes ou femmes : ce grand enfant égoïste avait le culte du foyer, bien qu'il ne le fréquentât guère ! Mais la petite ville de province où végétaient ses sœurs et sa mère était si loin de ce grand Paris absorbant ! Il y allait, d'ailleurs, tous les ans à l'époque des fortes chaleurs.

— Je n'ai plus la mienne, dit doucement Bonne-Marie.

— Vous êtes belle, reprit Morin ; vous m'aimerez, j'en suis sûr, et nous serons les plus heureux du monde !

Toujours l'amour et toujours le bonheur,
jamais le mariage ! Le cœur de la jeune fille lui
fit mal ; il lui sembla qu'il allait cesser de
battre : elle leva sur le jeune homme un regard
navré, auquel il se méprit.

— Vous avez souffert, ma pauvre enfant,
dit-il en passant son bras autour de la taille
de Bonne-Marie qui ne résista pas, absorbée
qu'elle était dans les paroles de son ami ; les
hommes sont si méchants ! Mais l'amour, s'il
blesse parfois, console toujours. Le mien n'est
pas de nature à vous blesser ; je ne suis pas
despote, vous le verrez bien !

Bonne-Marie garda le silence ; peu à peu
toutes les espérances qui avaient grandi en
elle pendant les dernières semaines lui semblaient tomber comme les feuilles mortes que
le vent d'automne emportait de l'autre côté
de la fenêtre, dans le jardin ensoleillé tout à
l'heure, et maintenant morne et froid, dans
l'ombre d'un nuage.

Une curiosité malsaine saisit Morin ; avant

12.

de s'assurer l'amour de cette jeune fille, si bizarre et si attrayante, il voulut savoir l'histoire de sa première chute, celle qui l'avait amenée à Paris; était-ce un rustre, un paysan grossier qui avait fait fuir le bercail à cette brebis égarée, ou bien un citadin comme lui, passant sur la plage normande?

— Il vous a donc bien mal aimée? demanda-t-il doucement à Bonne-Marie, toujours inquiète et silencieuse.

— Qui? fit-elle avec un tressaillement de surprise et de frayeur, car elle pressentait un nouvel abîme entre elle et lui.

— Celui que vous avez aimé... là-bas?

— Je n'ai aimé personne, dit-elle en se levant soudain, personne, oh! non, personne! répéta-t-elle avec un regard d'angoisse vers le ciel où les nuages accourus du sud-ouest lui rappelaient les rafales de son pays.

— Tant mieux, reprit Morin en la prenant par la main pour la faire asseoir près de lui; dans son idée, cela voulait dire que Bonne-

Marie s'était aperçue, quoique un peu tard,
qu'elle n'aimait pas réellement celui pour
l'amour duquel elle avait quitté son village.
Vous m'en aimerez mieux, ma belle amie, car
vous m'aimerez, vous m'aimez déjà, n'est-ce
pas?

— Oui, je vous aime, répondit-elle en tournant vers lui ses yeux profonds pleins de doute
et de douleur. Je vous aime... plus que je ne
voudrais.

— Pourquoi cette tristesse, Luciane? Est-ce
que la vie n'est pas pleine de choses char-
mantes? Laissons là un triste passé, pour ne
songer qu'à l'avenir tout rose devant nous.

— L'avenir, répéta Bonne-Marie; mais l'avenir est si incertain... on meurt, on se marie...

Elle resta immobile, retenant son souffle,
dans l'attente d'une réponse.

— Oh! reprit légèrement Morin, quand je
me marierai, si je me marie, je serai si vieux
que ce ne sera plus la peine d'en parler.

Un faible soupir sortit de la poitrine de

Bonne-Marie; ello avait prévu cette cruelle
réponse et s'était armée pour la supporter bra-
vement; elle y réussit. Son rêve croulait sur
elle, et les débris menaçaient de l'ensevelir;
mais elle se redressa; son orgueil indompté
lui donna la force de faire bon visage.

— Vous m'aimez? dit-elle de sa voix douce
un peu tremblante, car cette heure était la plus
cruelle de sa vie d'épreuves.

— Je vous adore, Luciane ou Bonne-Marie,
c'est tout un, n'est-ce pas? répondit le peintre
avec enthousiasme.

— N'avez-vous jamais aimé que moi? demanda-t-elle toujours avec douceur.

— Jalouse? déjà? et du passé encore? fit
Morin en souriant.

— Répondez-moi, dit la jeune fille du même
ton.

— Voyons, Luciane, soyons sérieux! Vous
supposez bien qu'on n'arrive pas à mon âge
sans avoir laissé quelque peu de sa laine aux
buissons...

— Eh bien, reprit-elle, la partie n'est pas égale; car moi, je n'ai jamais aimé que vous...

Morin pensa que la plaisanterie devenai monotone; mais, pour feindre de s'y prêter, il voulut entourer Bonne-Marie de ses bras; elle se dégagea sans colère.

— Monsieur, dit-elle en s'éloignant de quelques pas, je suis une pauvre fille sans fortune; l'ambition m'a amenée ici; je voulais être riche et me marier au-dessus de ma sphère : je commence à croire que j'ai fait fausse route, mais ma faute s'arrête là; je suis une honnête fille, et aucun homme n'a touché mes lèvres...

Morin, vexé du ton que prenait l'entrevue si bien commencée, fit un mouvement que la jeune fille comprit.

— Vous ne me croyez pas, dit-elle douloureusement, et pourtant qu'ai-je fait pour vous donner une si mauvaise opinion de moi ?

— Mais, mon enfant, reprit Morin, essayant de l'apaiser, je n'ai pas mauvaise opinion de vous du tout, au contraire...

— Vous croyez que j'ai eu un amant? s'écria Bonne-Marie, frémissante d'indignation.

— Dame! fit Morin très-ennuyé et envoyant l'amour à tous les diables.

— Et vous m'offrez d'être le second?

— Voyons, mademoiselle, dit le jeune homme impatienté, se levant à son tour et arpentant l'atelier à grands pas, il ne s'agit pas de tout cela : je vous ai rencontrée en un lieu où les vertus, d'ordinaire, pour n'être point farouches, n'en sont que plus aimables; je vous ai parlé comme on parle en ce lieu, — mais avec une mesure que vous avez paru apprécier; vous m'avez inspiré des sentiments que je crois durables, et qui en tout cas sont sincères... Maintenant qu'importe ce que je crois, puisque je vous dis en toute franchise que je vous aime et que j'ai le plus grand désir d'être aimé de vous?

— Vous avez raison, monsieur, dit Bonne-Marie en baissant la tête; c'est moi qui ai eu tort de prendre pour piédestal la rampe du café-concert.

Elle se dirigea vers son chapeau, déposé sur une chaise, et le mit à la hâte.

— Luciane! s'écria Morin, je vous en conjure, cessez ces enfantillages! Je vous adore, je ne puis vivre sans vous...

— Je vous aime! répondit Bonne-Marie, les yeux et la voix pleins de larmes; je vous aime de tout mon cœur, de toutes mes forces; — mais je n'appartiendrai qu'à mon mari. Adieu, monsieur Morin. Si vous saviez comme je vous ai aimé!

Elle ouvrit la porte de l'escalier.

— Son mari, pensa le jeune homme, comme elle y va!

— Luciane! dit-il en s'élançant vers elle. Elle le retint d'un geste si noble qu'il en fut interdit.

— Respectez celle que vous ne voulez pas épouser, dit-elle; si j'ai eu des torts, ils ne vous causeront aucun préjudice... Vous ne devez pas m'en vouloir... Songez quelquefois à moi, monsieur Morin... j'ai été très-heureuse ici...

Le regard de Bonne-Marie voilé de pleurs
parcourut une dernière fois l'atelier paré pour
sa visite, le chevalet où son portrait lui souriait, tous ces objets dont la vue avait été pour
elle un avant-goût du bonheur rêvé; puis il
s'arrêta sur Morin, qui, fort penaud, se mordait
les lèvres et ne savait que dire.

— Oui, je vous ai aimé, répéta-t-elle avec
le courage désespéré de ceux qui vont mourir
et n'ont plus rien à garder; jamais personne
ne vous aimera autant; car moi, je vous ai aimé
comme on aime son fiancé, celui à qui l'on veut
consacrer sa vie, sans partage et sans arrière-
pensée... Ce n'est pas ainsi que vous m'aimiez...

— Luciane! s'écria Morin en se précipitant
vers elle.

— Adieu! lui jeta-t-elle, en ouvrant la porte,
si vite qu'avant qu'il eût pu l'atteindre elle
était dehors.

Courir, après elle dans le jardin, sous les
yeux des voisins railleurs, la rattraper devant
la loge du concierge, tout cela eût été d'un

ridicule achevé, et Morin ne craignait rien tant
que le ridicule. Si pareille chose lui était arrivée, il aurait déménagé dans les vingt-quatre
heures; or, Morin tenait à cet atelier, découvert
après de nombreuses recherches. Il resta donc
chez lui, d'autant plus qu'une grosse averse
battait furieusement les vitres en ce moment-là.

Les sentiments de Louis Morin pendant qu'il
parcourait son atelier et que la pluie tombait
au dehors avec le bruit particulièrement aga-
çant des fortes ondées qui font déborder rapidement les gouttières, ses sentiments et ses
impressions n'avaient rien de particulièrement
agréable. Certainement, il avait été dur avec
Luciane; mais aussi la prétention de celle-ci
était par trop injustifiable.

— Le mariage, tout de suite! comme elle y
va! se disait le jeune homme en bousculant
chaises et tabourets sur son passage. On se
connaît à peine, on ne sait pas seulement d'où
l'on tombe, et puis le mariage, comme un coup
de chapeau! Oh bien, non! Elle a peut-être rai-

son, elle n'a peut-être aimé personne, comme
elle le prétend... et encore, non, Clotilde n'en
aurait pas dit si long l'autre jour... il y a eu
quelque chose, et c'est une aventurière qui veut
se faire épouser !

Louis Morin aurait pu se dire que, pour
une aventurière, Luciane, en le choisissant,
n'avait pas visé bien haut; car enfin, il n'était
ni prince, ni millionnaire, et pour qu'une belle
créature comme celle-là, connaissant évidem-
ment tout le mérite de sa beauté, se fût arrêtée à
un peintre encore peu connu, nullement riche
et probablement à jamais banni de l'Institut
par le choix de ses idées, il fallait qu'il y eût là
un peu d'amour et de désintéressement, tout
au moins !

Quelques-unes de ces réflexions pénétrèrent
par quelque fissure dans son cerveau d'égoïste,
car il se dit à la fin, comme conclusion de toute
sa méditation : « Tout ça, c'est parfait; mais le
fond, c'est qu'on n'épouse pas une chanteuse
de casino ! »

Ayant tranché le différend entre lui et sa conscience par ce jugement définitif, il s'en prit au portrait de Bonne-Marie, qu'il se mit à examiner, malgré le jour baissant; et inconsciemment, préoccupé de l'idée qu'il venait d'émettre, il changea dans son imagination l'expression rêveuse et poétique du portrait pour une autre plus hardie et plus sensuelle : les beaux yeux agrandis par un peu de noir indien, les lèvres rougies par un cosmétique, Luciane n'était plus pour lui Bonne-Marie, c'était une belle fille osée et provocante...

— On n'épouse pas une chanteuse de casino, répéta Morin en sortant pour aller dîner.

A mesure que la soirée s'avançait, il était pris d'une envie de plus en plus forte d'aller entendre Luciane au café-concert. Il se disait qu'après une semblable journée, chanter ses romances semblerait dur à la pauvre fille; car, s'il la trouvait fort hardie d'avoir voulu attenter à sa liberté de célibataire, il lui reconnaissait de grands mérites et à coup sûr beaucoup de

sincérité dans les sentiments. Elle lui avait dit
adieu, il s'en souvenait maintenant, avec une
expression de douleur contenue, poignante,
telle qu'il n'en avait jamais entendu. Et pendant qu'il se rappelait ses paroles entrecoupées,
l'air de la première romance de Luciane, celle
qui avait fait son succès en une seule soirée, le
poursuivait avec acharnement :

« J'ai quitté ma sœur au berceau,
Pour venir dans la grande ville. »

Et les sons veloutés de cette voix pénétrante
semblaient se glisser jusque dans les plus profonds replis de son cœur, pour lui reprocher
sa dureté, son égoïsme, tous ses défauts
d'homme de plaisir et de célibataire.

Il tint bon pourtant, jusqu'à dix heures et
demie; retourner au Casino, c'était prouver à
Luciane, car il ne pouvait se faire à l'appeler
autrement, qu'il n'avait pas la force de rester
sur leur différend, qu'il craignait de la perdre;
enfin, c'était, comme il le disait, « mettre les

pouces ». Or, n'est-il pas avéré qu'en amour c'est celui qui tient ferme le plus longtemps qui a raison de l'autre? Dans le mariage il en est peut-être autrement, mais Morin ne se préoccupait pas de mariage.

Donc, il résista jusqu'à dix heures et demie; puis, comme le hasard, un pur hasard, soyez-en convaincu, avait porté ses pas vers les Champs-Élysées, il fit la réflexion judicieuse qu'il n'était pas astreint à se montrer, et que rien n'était plus facile que de voir Luciane de loin, mêlé à la foule.

La pluie avait cessé depuis longtemps; le vent était tombé; mais il faisait frais; si frais, qu'un frisson passa sur les épaules de Morin, quand il pensa que celles de Luciane étaient exposées sans protection à cette brise trop acerbe.

Plein de sollicitude, il s'approcha donc; mais l'enceinte était presque vide, et le concert finissait une heure plus tôt que de coutume.

— Qu'est-ce qu'ils ont donc à finir sitôt? demanda-t-il à un habitué qu'il rencontra.

— C'est que Luciane n'a pas chanté ce soir, répondit l'habitué; ils n'étaient pas préparés à ça et n'ont pas pu boucher les trous.

— Luciane n'a pas chanté? répéta Morin saisi d'inquiétude. Pourquoi?

— Personne n'en sait rien! Ils ont perdu la tête, et n'ont pas pu faire l'annonce ordinaire : Par suite d'une indisposition, etc. Les habitués n'étaient pas contents, on a fait du bruit.....

— Vous aussi?

— Oh! moi, je suis un vieux philosophe... mais j'ai un peu crié aussi; ça rafraîchit le sang!

Morin ne l'écoutait plus; il arpentait rapidement les Champs-Élysées et se dirigeait vers la maison de Luciane, si ému qu'il ne songea même pas à prendre une voiture.

Il arriva devant la porte; mais, au moment de sonner, il s'arrêta, traversa la rue et regarda les fenêtres de la jeune fille. Elles étaient noires; l'une d'elles était entr'ouverte, et un

pan de rideau blanc flottait par l'ouverture.
Cette mousseline parut sinistre à Morin; cela
ressemblait à un pan de vêtement féminin,
suspendu au-dessus du gouffre... Il traversa la
rue une seconde fois et sonna vivement.

— Mademoiselle Luciane? demanda-t-il à la
concierge.

— Elle est partie, lui répondit celle-ci d'un
ton bourru. Luciane partie, ce n'était pas la
peine de se montrer polie avec ceux qui venaient la demander.

— Partie!

Cela valait mieux que morte, et pourtant
Morin eut besoin de se roidir contre une fai-
blesse involontaire.

— Partie pour où? demanda-t-il encore
d'une voix à peine distincte.

— Elle a négligé de me le dire, monsieur.
Si vous aviez l'obligeance de fermer la porte en
vous en allant, n'est-ce pas? ça fait un vilain
petit courant d'air.

Au lieu de se rendre à cette manière polie

de le renvoyer, Morin s'avança d'un pas, mit
une pièce de cinq francs sur la table devant la
concierge et insista :

— Vous ne savez pas où elle est allée...
sans qu'elle vous l'ait dit? Elle est donc partie
à pied?

La vue de la pièce ronde avait, paraît-il,
suffi pour anéantir le courant d'air, car la vénérable dame n'y fit plus d'allusion.

— Elle est partie en voiture, monsieur, dit-
elle d'un ton rempli de prévenance; si j'avais
su que cela pouvait intéresser monsieur, bien
sûr, j'aurais écouté l'adresse... C'est le cocher
qui a chargé sa malle; elle a payé tout ce
qu'elle devait, et elle est partie tout tranquillement.

— Avec sa malle! pensa Morin. A quelle
heure? dit-il tout haut.

— Il pouvait être sept heures et demie,
huit heures moins le quart...

Morin réfléchissait, elle était partie, pour le
fuir, sans doute; mais ce ne pouvait être qu'un

caprice! On ne quitte pas ainsi une position brillante, un public enthousiaste, pour contrarier un amoureux qui vous a déplu.

— Elle n'a pas laissé de lettres? demanda-t-il enfin.

La concierge n'en savait rien; mais, dans l'espoir de gagner une autre pièce de cent sous, elle proposa d'aller voir « à l'appartement » si mademoiselle n'avait pas laissé quelque chose. Morin accepta avec empressement, et comme elle se mettait en marche dans l'escalier, il la suivit sans qu'elle parût y trouver à redire.

La porte de « l'appartement » s'ouvrit devant eux; les fenêtres battirent lugubrement; la vieille femme referma la porte « pour éviter le courant d'air », et, tirant une allumette de sa poche, la frotta contre le papier du salon, afin de trouver une bougie. La bougie était là, sous sa main, et une lueur tremblante éclaira bientôt le tapis fané et les meubles vulgaires que Bonne-Marie avait trouvés si jolis dans sa joie

13.

enfantine, lors de sa prise de possession de ce logis nouveau pour elle.

Hélas! c'était bien un départ définitif! Les tiroirs de la commode restés ouverts étaient vides, l'armoire aussi; des papiers chiffonnés jonchaient le tapis,... mais Bonne-Marie n'avait point laissé de lettre... ils cherchèrent vainement partout, jusque sur le lit soigneusement rangé... elle n'avait point voulu être suivie.

— Que voulez-vous, mon gentil monsieur, fit la concierge, une de perdue, dix de retrouvées! Avant mademoiselle Luciane, logeait ici une jolie petite dame brune, avec des yeux longs comme ça! — elle indiquait son bras. — Ce n'est pas elle qui se serait *ensauvée* sans donner son adresse!

Le gros rire de la concierge, la pensée que la petite dame aux yeux longs comme le bras avait habité ce logis, désormais triste et vénérable pour lui comme la chambre d'une morte, tout cela fit mal au cœur de Morin; il se hâta d'ajouter à sa gracieuseté première une seconde gracieuseté du même poids, et redescendit rapidement, laissant la concierge dans l'escalier.

Dehors il traversa la rue... la fenêtre était fermée par les soins de la vieille femme, et ressemblait à toutes les autres... Il sembla à Morin qu'on avait ainsi chassé Bonne-Marie de sa vie, désormais banale et monotone... Le jeune peintre s'en alla chez lui à pas lents.

L'atelier était sombre; le reflet des becs de gaz n'y pénétrait que faiblement; pourtant, çà et là, dans l'ombre, une blancheur vague se détachait à peine sensible : d'ailleurs, Morin avait l'habitude des êtres; il arriva jusqu'à son divan sans rien renverser, et s'y laissa tomber.

C'est là qu'elle était ce matin, si touchante dans sa grâce simple, là qu'elle lui avait adressé cet adieu mouillé de larmes... Il n'avait pas compris qu'elle l'aimait vraiment, assez pour vouloir rester une honnête fille à ses yeux, trop pour accepter de n'être qu'une aventure dans la vie du jeune homme... et elle était partie!

— Oh! mais je la retrouverai, se dit Morin,
qui n'aimait pas les idées noires; demain, il
faudra bien que je retrouve sa trace.

Il voulait allumer de la lumière pour regarder le portrait déjà avancé... Une hésitation
qu'il n'avait jamais ressentie l'en empêcha; il
craignait de s'attendrir.

— Demain, au jour, se dit-il; au jour on est
plus brave!

Le lendemain, il venait d'entrer dans son
atelier et n'avait pas encore eu le temps de
regarder le portrait, lorsqu'on lui monta une
lettre, avec son premier repas.

La lettre était de Luciane; il le sut tout de
suite. L'écriture était simple, peu exercée,
très-soignée, comme celle des gens qui écrivent
rarement et font de ce fait une affaire d'impor-
tance. Il l'ouvrit, la lut, et resta longtemps
immobile, comme frappé d'un coup irrémédiable.

« Vous ne m'aimez pas assez, monsieur Morin,
écrivait la jeune fille, et moi, je vous aime tant

que je finirais peut-être par me mépriser. Je
suis une honnête fille, je vous l'ai dit, et c'est
vrai. J'avais l'ambition de me marier au-dessus
de mon état, de ma pauvreté, du monde simple
où je devais vivre. Le moyen que j'ai pris
n'était pas bon, puisque vous ne m'avez pas
donné votre estime; mais, en entrant au café-
concert, je ne savais pas que je passerais pour
ce que je ne suis pas.

« Si vous m'aviez aimée assez, monsieur
Morin, j'aurais été pour vous une femme bien
dévouée; le ciel ne le voulant pas, je retourne à
mon village pour n'en plus sortir. Ne me cher-
chez pas; car si même vous me trouviez, ce
n'est plus Luciane, c'est Bonne-Marie que vous
pourriez rencontrer, et ce n'est pas elle, c'est
Luciane que vous avez aimée. Luciane est morte
et ne chantera plus pour personne. »

Le bruit léger d'une feuille flétrie tombée
d'un arbre voisin tira le jeune peintre de sa
rêverie; il se dirigea vers le portrait et enleva
la serge verte qui le recouvrait, avec un res-

pect involontaire. Luciane était morte en effet, et ce portrait était tout ce qui restait d'elle.

C'était bien elle, souriante, un peu pâle, les lèvres légèrement contractées par cette émotion touchante qui la rendait idéalement belle lorsqu'elle chantait. La demi-éducation de Bonne-Marie la faisait plus accessible que toute autre aux platitudes sentimentales de ses romances, et puis, elle, elle n'avait pas été habituée dès son enfance à tourner tout en plaisanterie comme les Parisiennes; elle chantait ces pauvres vers avec son cœur et son âme, elle pleurait avec les pauvres filles trompées, avec les mères inquiètes, avec les fiancées de marins et de soldats. Tous ces sentiments simples, qui sont ridicules dans les romances, parce qu'on les a longtemps exprimés d'une façon ridicule, prenaient dans sa bouche de paysanne mieux élevée une expression sincère et touchante.

Morin la regarda longtemps; il l'avait bien rendue vivante et tout entière, jusqu'aux mains un peu rouges, un peu fortes, qu'il n'avait pas voulu ganter, prétendant, non sans raison, que les mains ont une physionomie tout comme la figure; ce visage, dont l'expression de mélancolie ne l'avait pas frappé d'abord, lui apparaissait maintenant plus résigné que souriant; il avait cru lui donner l'expression de la chanteuse de romances? Non, c'était bien Bonne-Marie qu'il avait peinte, Bonne-Marie qui craignait de n'être pas aimée, de n'être pas estimée, et qui s'exilerait le jour où elle en aurait acquis la triste certitude!

Il la regarda longtemps, ému, plein de regret, de reproches pour lui-même, pour sa brutalité de la veille; il sentit qu'il avait froissé cette jeune fille; sans doute il ne devait jamais connaître la profondeur de la blessure qu'elle emportait dans son cœur navré! Les bons garçons comme Louis Morin ne connaissent en fait de plaies que celles qui attaquent l'épiderme seulement; mais il sentit qu'il l'avait affligée, qu'elle lui avait pardonné, — et qu'il ne la reverrait jamais.

—C'est pourtant mon chef-d'œuvre! se dit-il
en regardant son ouvrage avec les yeux de
l'artiste; et il prit sa palette pour achever cette
tête qui devait lui faire un nom.

Pauvre Bonne-Marie! Elle pleurait à cette
heure, réfugiée dans une église de Cherbourg
où elle était entrée pour se garder de la curiosité des passants en attendant l'heure de la voiture. Elle pleurait et envoyait à Morin toute
l'effusion de sa tendresse méconnue, toute
l'ardeur de ses regrets, sans colère ni rancune.
Elle était brisée, mais résignée. — Je l'ai
voulu! se disait-elle, et comme je suis punie!

La nuit était tombée depuis longtemps quand
la voiture jaune s'arrêta dans le fond d'Omonville. Les voyageurs s'étaient tous dispersés sur
la route; nul regard curieux ne chercha à per-
cer l'épais voile de crêpe qui recouvrait le petit
chapeau et le visage de Bonne-Marie. Sa voix
était si changée que le voiturier ne l'avait pas
reconnue; elle le pria de garder sa malle jusqu'au lendemain; il y consentit, la prenant pour

une dame de la ville en visite chez quelqu'un du pays, et Bonne-Marie se dirigea seule, dans la nuit noire, vers la petite maison de son père.

Elle ouvrit la porte d'une main tremblante et entra... Bien des souvenirs lui montèrent à la gorge et aux yeux, lorsque l'odeur familière de cette humble demeure la saisit à son entrée. Son visage ruisselait de larmes; elle ne s'en apercevait pas. Machinalement, elle mit la main sur les objets nécessaires... le *grasset* tapissé de poussière n'avait plus d'huile, la mèche de jonc ratatinée et desséchée de cette petite lampe antique ne pouvait plus brûler; elle tira une bougie de son sac de voyage et l'alluma.

— Ah! s'écria-t-elle tout haut, tant son cœur débordait, pourquoi l'ai-je quittée, cette maison de mon père? pourquoi ai-je rêvé un autre destin? Vie brisée, vie perdue! sans amour, sans famille...

Elle jeta sur le lit les vêtements de voyage qui l'embarrassaient, et, succombant à son chagrin, elle s'agenouilla sur l'Âtre, les coudes appuyés sur le vieux fauteuil de son père, la tête dans ses deux mains, et pleura.

Tous les soirs, avant de se coucher, quand il n'était pas à la mer, Jean-Baptiste venait regarder la maison de Bonne-Marie; il en faisait le tour, restait parfois pensif un moment devant les fenêtres, puis s'en retournait, un peu moins triste, dans sa demeure solitaire. C'était quelque chose que d'avoir vu la maison.

Ce soir-là, il vint comme de coutume et crut rêver en voyant de la lumière dans la salle basse. Stupéfait, il s'approcha, se frottant les yeux... La fenêtre était vraiment éclairée, et sans la situation de la maison, dont la façade tournait le dos au village, tout Omonville se fût aperçu de cette singularité.

Jean-Baptiste ne croyait pas aux revenants ni aux apparitions, et pourtant c'est avec une sorte de terreur superstitieuse qu'il mit la main sur le loquet... La porte céda, et il vit la jeune fille agenouillée devant le vieux fauteuil.

Elle pleurait amèrement. La force nerveuse qui la veille lui avait donné le courage de partir l'abandonnait maintenant. Faible et meurtrie, elle se laissait aller douloureusement, comme une épave, dans cette tempête de la vie; elle n'entendit pas le bruit du loquet.

Jean-Baptiste referma la porte et se tint debout derrière elle; une sorte de joie sauvage, une joie qui ressemblait à une rancune enfin assouvie, lui étreignait le cœur.

— Je savais bien, pensait-il avec un sentiment de triomphe farouche presque méchant, je savais bien qu'elle reviendrait moins fière! Nous n'étions pas assez bons pour elle; il lui fallait les gens de la ville... elle ne les aime plus tant à présent!

Bonne-Marie pleurait encore; les sanglots secouaient son corps svelte; elle s'abandonnait à ses larmes, sentant que lorsqu'elle cesserait de pleurer, elle ne pourrait plus bouger, qu'elle tomberait sur l'âtre, pour s'y endormir ou y mourir.

Au premier sentiment de joie féroce de
l'avoir retrouvée vaincue, succéda chez Jean-
Baptiste une pitié profonde pour la pauvre
âme en peine; il se dit aussi qu'elle tomberait
sur la pierre pour y mourir de douleur ou de
froid, dans son abandon, et il fit un pas vers
elle.

Effarée, Bonne-Marie se retourna, reconnut
dans ce pêcheur au visage hâlé, aux mains
goudronnées, l'ami de sa jeunesse, celui qui,
avec son père, l'avait seul aimée; la joie de
n'être plus seule, de se voir un ami dans la
vie, lui prêta une force nouvelle; elle s'élança
vers lui, les bras ouverts, et tomba sur la poitrine du marin comme un oiseau qui revient
au nid.

— Te voilà donc, lui dit gravement le jeune
homme, tu es revenue... ils t'ont fait bien du
mal?

— Jean-Baptiste, Jean-Baptiste, murmura-
t-elle à travers ses larmes, je n'ai plus que toi!

— Tu n'as plus que moi, — mais, moi,

est-ce que je puis encore te considérer comme
dans le temps où tu es partie? Si ton père
vivait, oserais-tu le regarder en face?

Inconsciemment, il s'érigeait en juge. Il était
bien sûr qu'elle reviendrait, mais il ne l'attendait pas si tôt, et sa crainte d'amant jaloux prenait en ce moment le pas sur sa tendresse.

C'était la seconde fois en deux jours que ce
doute injurieux était jeté à la face de Bonne-
Marie. Mais elle n'avait pas d'amour pour Jean-
Baptiste, elle pouvait se défendre :

— Si j'avais à rougir, dit-elle en séchant
soudain ses larmes, je n'aurais pas couru à toi;
tu es le dernier homme que j'aurais voulu
revoir!

Il la serra dans ses deux bras, comme un
maître qui emporte son trésor.

— Je te crois, dit-il simplement, tu ne m'as
jamais menti.

Elle se dégagea da son étreinte et s'assit
dans le grand fauteuil. Il resta debout devant
elle. Combien elle était changée pour lui! Il se

demanda comment il avait pu la tutoyer : les
manières élégantes que Bonne-Marie avait
acquises semblaient creuser entre elle et lui un
abîme plus profond que jamais. Le silence
régnait dans la salle basse : Jean-Baptiste le
rompit le premier.

— Vous avez faim et froid; dit-il, je vais
vous servir.

Il sortit et revint au bout d'un instant, appor-
tant du bois et son propre souper. Le feu flamba
haut dans l'âtre, réchauffant les murailles humides et mettant un peu de joie dans cette
demeure si triste. Bonne-Marie essaya de
toucher aux mets que Jean-Baptiste lui avait
apportés, mais elle ne put.

— Vous avez besoin de dormir, dit-il; je
vais vous faire du feu là-haut, pendant que
vous vous reposerez.

Il monta l'étroit escalier sans attendre sa
réponse, et elle l'entendit l'instant d'après,
au-dessus de sa tête, arranger le feu et les
meubles. Elle l'entendit aussi sortir et rentrer

à plusieurs reprises; mais son abattement
l'empêcha de s'informer de ce qu'il faisait :
elle se sentait au port, elle avait trouvé un
ami ; c'était assez pour le moment ; sa pauvre
âme brisée ne pouvait ni ne voulait regarder
plus loin.

Il reparut enfin, la prit dans ses bras et
l'aida à monter à sa chambre. Elle entra et s'af-
faissa aussitôt sur une chaise. Cette chambre
de jeune fille pauvre contrastait d'une manière
bien frappante avec le luxe relatif qu'elle
venait de quitter, et pourtant, combien chacun
de ces meubles grossiers lui tenait au cœur !
Adressant un signe de tête pour tout remer-
ciment à Jean-Baptiste, car elle ne trouvait
pas de paroles pour exprimer sa pensée, elle
lui dit bonsoir, et se trouva seule.

Le feu brûlait dans la cheminée avec un
petillement joyeux; les rideaux des fenêtres
avaient été débarrassés de la poussière qui s'y
était amassée; la carafe contenait de l'eau fraîche; le plancher était balayé; elle vit, dans un

coin, sa malle qu'il avait été chercher de lui-
même... Quel cœur que celui de l'homme qui,
repoussé, méprisé, avait eu pour elle ces pré-
cautions presque maternelles ! Elle eut envie
de le rappeler pour le remercier, mais il devait
être sorti, car elle n'entendait plus aucun
bruit ; elle ouvrit sa malle, y prit quelques
objets et se coucha bientôt, lasse à en mourir,
navrée, et pourtant avec un étrange sentiment
de joie et de sécurité dans le cœur.

Le soleil était levé depuis longtemps quand
elle s'éveilla ; ce premier réveil lui fut très-
doux. Instinctivement sa nature de provinciale, de paysanne à demi civilisée, se révol-
tait contre les mesquineries de son existence
parisienne. Elle haïssait les draps de coton, les
matelas étriqués, l'odeur de poussière des
appartements garnis ; elle éprouva un bien-être
certain en retrouvant ses beaux draps de cœur
de lin, l'apparence nette et propre de sa
chambre, et l'air pur qui entra aussitôt à
grands flots par sa fenêtre ouverte. Et puis

ici elle était chez elle, et nul ne peut connaître
la puissance du chez-soi comme le propriétaire
du sol et des murailles.

Elle descendit dans la salle basse; le feu y
était prêt à allumer; un pot de lait frais, un
morceau de pain et une assiette avec du beurre
l'attendaient sur la table : Jean-Baptiste avait
pensé à lui épargner l'ennui de sortir de chez
elle et d'affronter les questions et les discours
qui ne pouvaient manquer de l'accueillir à son
retour. Un examen plus attentif la convainquit
que le jeune homme avait passé une partie de
la nuit tout au moins sur le lit du vieux fraudeur, sans doute pour se tenir à portée de la
voix si Bonne-Marie avait besoin de secours.

Tant de bonté, jointe à tant de délicatesse,
toucha profondément la jeune fille. Ah! pourquoi n'était-ce pas Jean-Baptiste qu'elle aimait? Pourquoi est-ce l'humble paysan qui
possédait toutes les ressources du cœur, quand
l'artiste élégant n'avait su que froisser sa
dignité et méconnaître son amour? Elle se

14

posa cette question bien des fois les jours sui-
vants, tandis que, forcée de sortir de sa
retraite, elle dut recevoir les visites des curieux
et curieuses.

— Et te voila revenue? lui disait-on malicieusement. L'air de Paris ne te vaut rien, car
tu es bien plus blanche et bien plus maigre
qu'auparavant! Tu y as mangé ton magot, ma
fille!

— Non, répondait Bonne-Marie, j'y ai
gagné un peu d'argent, mais *il m'a ennuyé*
du pays.

On ne la croyait qu'à demi; mais comme
elle était douce et tranquille, bien qu'un peu
fière, comme disaient les bonnes gens, on
finit par la laisser en paix. Les propos les
plus malins tombèrent d'eux-mêmes devant la
simplicité grave et triste avec laquelle Bonne-
Marie se mit à chercher de l'ouvrage.

— Du vivant de ton père, lui disait-on
avec ce mélange de rudesse et de pitié qu'on
emploie volontiers dans ce pays, tu n'avais

pas besoin de travailler pour vivre; mais c'était peut-être de l'argent pas trop bien acquis, tandis que celui que tu gagneras avec tes dix doigts n'aura à rougir devant personne.

Bonne-Marie accepta tout, les allusions douloureuses, l'ouvrage grossier, le salaire dérisoire; de ses doigts agiles, qui s'étaient singulièrement perfectionnés pendant son séjour à Paris, elle se mit à faire de la lingerie, des bonnets, des fichus pour les *dames* de l'endroit, qui lui donnèrent aussitôt leur clientèle, en voyant qu'elle travaillait aussi bien qu'à Cherbourg, où l'on se pique cependant de fine lingerie.

Restait à savoir ce qu'elle avait fait à Paris, pendant ces quatre mois d'absence; mais comment s'en enquérir? On essaya de tous les moyens : insinuations, traquenards, questions brutales enfin, tant la curiosité s'exaspérait; mais on n'y put jamais réussir. A toutes les enquêtes, Bonne-Marie répondit invariablement : — « Je faisais de la lingerie comme ici », et personne ne put en obtenir davantage.

Personne, sauf Jean-Baptiste, qui n'avait
rien demandé. Un soir qu'il était venu comme
d'habitude s'informer près de Bonne-Marie si
elle n'avait besoin de rien, elle le pria de
rester et de s'asseoir. C'était la première fois
depuis son retour, car jusque-là, inquiète et
gênée en sa présence, elle n'avait point paru
désirer lui parler longuement.

— Vous ne m'avez jamais demandé, lui
dit-elle, ce que je faisais à Paris ?

Jean-Baptiste secoua la tête : que lui importait ?

— Il faut que vous le sachiez, pourtant,
continua la jeune fille ; il faut aussi que vous
sachiez pourquoi je suis revenue.

Il s'assit en silence ; jamais il n'eût demandé
à Bonne-Marie le secret de cette absence, et
pourtant, toutes les fois qu'assis dans sa barque, oisif, il attendait le courant, cette question lui brûlait le cœur et les lèvres.

En peu de mots, la jeune fille lui fit com-

prendre ce que c'était qu'un café-concert et
quel rôle elle y avait joué. Jean-Baptiste avait
entendu parler de théâtre; il comprit sans
peine, mais ne prononça pas un mot. Elle lui
dit ensuite comment elle avait fait la connaissance de Morin et dans quelles circonstances
il avait fait son portrait.

— Il a votre portrait? demanda le pêcheur
jusque-là silencieux.

— Oui; un grand portrait grand comme
moi, en robe blanche...

Au souvenir de ce portrait, incarnation de
sa gloire passagère, une vive rougeur monta
aux joues pâles de Bonne-Marie; mais elle
était courageuse. Non sans un douloureux
effort, elle continua :

— Il me dit qu'il m'aimait, — c'était bien,
mais...

— Et toi? dit brusquement Jean-Baptiste,
tu l'aimais?

La jeune fille garda le silence un moment
pour voir au fond d'elle-même.

— Je l'aimais, répondit-elle. Les lèvres du pêcheur se contractèrent.

— Continue, dit-il de sa voix grave.

— Il m'aimait, mais c'était tout, et tu me connais, Jean-Baptiste, jamais un homme ne me sera rien, s'il n'est mon mari. Il ne parlait pas de mariage et me faisait la cour depuis longtemps..... C'est moi qui lui en parlai.

Les yeux du jeune homme se fixèrent avec angoisse sur ceux de Bonne-Marie.

— Il ne voulait pas se marier, reprit-elle, les lèvres légèrement tremblantes; il voulait bien de moi pour bonne amie, mais pas pour femme. Alors.....

— Eh bien?

— Alors je suis partie, et me voilà, dit-elle simplement.

— Tu l'aimes toujours? demanda Jean-Baptiste sans la regarder.

— Non... mais je pleure encore.

— Tu ne l'aimes plus? bien sûr?

— Je ne l'aime plus; je ne puis aimer un

homme qui ne m'estimait pas. Tu sais bien, toi,
Jean-Baptiste, que je vaux mieux que cela ! Tu
sais bien que je ne suis pas de celles qu'on prend
pour huit jours et qu'on oublie !

L'orgueil blessé de Bonne-Marie avait tué son
amour, mais la blessure saignait toujours. Elle
avait aimé Morin par orgueil, par orgueil elle
l'avait fui, par orgueil elle l'avait chassé de
son âme, — mais elle devait ressentir longtemps l'amertume de sa déconvenue.

— Je sais que tu es une honnête fille,
répondit le pêcheur. Tu vois maintenant ce
qu'ils valent, tes beaux messieurs de la ville ;
tu as vu si leurs paroles musquées sont meilleures que notre parler paysan... Je t'avais
dit, Bonne-Marie, que tu reviendrais ici triste
et malade... Mais ton sort est meilleur que je
n'aurais cru, puisque tu peux regarder le
monde en face.

Un silence se fit, puis le jeune homme
demanda, non sans hésiter :

— Pourquoi m'as-tu dit cela ?

— Parce que tu es mon seul ami et que tu
avais droit à le savoir, à ce qu'il m'a semblé.

Il resta pensif encore un moment.

— Il a ton portrait, ce peintre?

— Oui.

— Et il te ressemble?

— Il ne ressemble pas à ma figure d'ici; je
suis autrement coiffée; je porte ici mes petits
bonnets de linge, et là-bas j'étais en cheveux...
il ne ressemble pas à Bonne-Marie. On m'ap-
pelait Luciane.

Jean-Baptiste, toujours soucieux, se tut
encore quelques instants.

— Enfin! dit-il, Luciane n'est pas Bonne-
Marie, et Paris est bien loin! Savait-on là-bas
que tu étais d'ici?

— Non, personne n'a mon adresse.....

— Sait-on que tu y es revenue?

— Non.

— C'est bon, dit le jeune pêcheur. Tâche
d'oublier tout cela; moi, je ne m'en souviendrai
pas non plus.

Il s'en alla, de son pas lourd et ferme. Bonne-Marie, restée seule, appuya sa tête sur ses mains jointes et regarda en elle même avec une profonde amertume. Remuer ce passé si récent était une douleur; elle l'avait fait pourtant, mue par le besoin de se réhabiliter aux yeux de Jean-Baptiste. Elle voulait être estimée : c'était le suprême besoin de sa vie; c'était pour se délivrer d'un blâme immérité qu'elle avait fait cette confession entière, et le jeune homme n'avait pas paru lui rendre justice, au moins comme elle l'eût voulu. Elle eût désiré plus de cordialité dans ses manières, plus de compassion dans son accent... Elle oubliait que Jean-Baptiste voyait dans Morin un rival aimé, tandis que lui, pauvre diable déshérité de la fortune et de la gloire, se sentait d'autant plus abaissé que le peintre était plus grand.

Elle resta triste pendant quelques semaines, puis sa tristesse se changea en mélancolie. De temps en temps, au souvenir du passé, elle

jetait un regard sur son humble demeure, et
si pauvre qu'elle la trouvât, elle s'y sentait
mieux que dans sa fausse opulence. Le bruit
de la mer était plus doux à ses oreilles que le
roulement des voitures... Sa position actuelle,
acceptée d'abord avec résignation, comme un
châtiment, lui devint plus douce, et sa véritable
indépendance lui fit paraître bien lourde la
chaîne qu'elle avait rejetée.

Un soir, tard, la marée montante se brisait
avec fracas sur la grève et roulait le galet avec
un bruit retentissant; Jean-Baptiste était à la
mer, elle se sentit inquiète pour lui. Il risquait
sa vie tous les jours, et quand il rentrait au
logis, il n'y trouvait ni feu ni repas : son existence s'écoulait rude et solitaire entre sa barque et son foyer : elle se sentit prise de pitié
et courut à la demeure du jeune homme.

Sachant qu'il allait bientôt rentrer, elle lui
rendit ce qu'il avait fait pour elle le triste soir
de son retour; elle alluma du feu et prépara
la soupe, puis s'en retourna légère et le cœur

joyeux comme au retour d'une bonne action.

Une heure après, elle crut entendre des pas autour de la maison ; mais elle était montée à sa chambre, et la salle basse était noire ; les pas s'éloignèrent. Elle se sentit seule tout à coup, et son isolement lui parut bien dur. Soudain, une pensée lui vint. Elle prit dans sa malle la robe de soie blanche que Luciane portait le soir pour chanter, et rapidement, presque sans respirer, elle la défit entièrement. Les dentelles, les rubans qu'elle avait portés alors allèrent rejoindre les morceaux de soie pliés soigneusement et roulés en un petit paquet.

Quand rien ne resta plus de ce qui avait embelli Luciane, elle s'endormit, les yeux baignés de larmes, mais avec le sentiment d'un devoir accompli.

Le lendemain, à l'aube, en descendant, elle trouva Jean-Baptiste dans la salle basse. Toutes ces maisons ne ferment qu'au loquet ; il ne s'y commet pas plus de crimes qu'ailleurs, moins

peut-être, et chacun pénètre chez l'autre
sans cérémonie. A la vue du jeune homme,
Bonne-Marie sentit le cœur lui battre ; dans
cette riante clarté de l'aube, il avait quelque
chose de résolu qui lui donnait une beauté
extraordinaire :

— Bonne-Marie, c'est assez vivre seuls, dit-
il ; Paris est loin, — tu as oublié, moi aussi... ;
quand veux-tu nous marier ?

Elle devint très-pâle ; elle l'aimait bien, oh !
oui. Elle eût voulu veiller sur son repos, sur
son bien-être..., mais devenir sa femme !

— Si tu ne veux pas, Bonne-Marie, c'est
bon, dit-il, je saurai que penser ! c'est que tu
n'auras pas dit la vérité !

Être encore une fois méconnue, encore une
fois méprisée ? Non ! Tout plutôt que cela !
Elle le regarda bien en face et lui répondit :

— Laisse-moi finir mon deuil ; je ne te
demande pas autre chose.

— C'est bon, répondit le jeune pêcheur ;
maintenant, je viendrai manger ici.

Il ouvrit la porte et fit entrer un grand panier avec la fleur de sa pêche de la nuit.

— Tiens, dit-il à Bonne-Marie, choisis ce qu'il y a de meilleur. Tout ce qu'il y a de meilleur en toute chose est à toi.

Elle se pencha sur le panier, ne sachant quelle contenance prendre, et soudain le souvenir lui revint du jour où son père et le douanier se racontaient des histoires pendant que Jean-Baptiste implorait son regard. Elle leva les yeux sur le jeune homme et vit qu'il y pensait aussi.

— Ce temps est passé, Bonne-Marie, lui dit-il, passé avec ce qu'il avait de bon et de mauvais..., et, vraiment, je ne voudrais pas le voir revenir

Il prit dans sa main calleuse les doigts de la jeune fille, un peu noircis par le travail, et, l'attirant à lui, il l'embrassa sur les deux joues, non plus en amant timide, mais en époux, en maître.

L'hiver passa, plus vite qu'on l'aurait cru ; l'équinoxe, clément, cette année-là, ne fut

pas prodigue de tempêtes, et le sort réserva
à Bonne-Marie pour plus tard les angoisses de
la femme du marin. Un beau soir, quand la
riante vallée eut repris tout l'éclat de sa fraîche
verdure, il se trouva que le mariage était fixé
pour le lendemain.

Le village se faisait fête de cette cérémonie,
à laquelle Jean-Baptiste avait convié tout le
monde.

— Je ne fais point un mariage de honteux,
avait-il dit; ma future et moi n'avons rien à
craindre de personne; plus il viendra de
monde, plus nous serons contents.

Ce soir-là, Jean-Baptiste était encore à la
mer, car il tenait à montrer sur sa table le plus
beau plat de poisson qu'on pût voir. Bonne-
Marie s'en alla toute seule à l'endroit de la
falaise où elle avait tant rêvé autrefois. Elle
avait besoin d'un peu de solitude; sa maison,
pleine de commères, lui faisait l'effet d'une
ruche bourdonnante.

Quand elle eut la mer sous ses pieds, un

rocher à sa droite lui masquant le sentier qui
venait de la ville, elle s'assit sur l'herbe. Tous
ses rêves d'ambition et de fortune étaient donc
venus échouer là, dans cet humble port de
pêcheurs! Ils s'étaient évanouis en fumée,
bannissant à jamais l'amour enthousiaste et
romanesque de son existence, vouée à l'obscu-
rité, à la tendresse calme et austère du foyer
conjugal! Quel contraste, cependant, avec
l'année précédente... Malgré elle, Bonne-Marie
se souvint des applaudissements frénétiques,
des acclamations bruyantes, des bouquets,
des madrigaux... Était-ce arrivé, ou l'avait-elle
rêvé?

Sa romance de début lui revint soudain à la
mémoire; elle l'avait oubliée depuis bien longtemps, car elle n'avait jamais chanté après
son retour. Saisie du désir irrésistible d'essayer
la puissance de sa voix, elle chanta :

« J'ai quitté ma sœur au berceau... »

Sa voix suave et claire éclata en notes vibran-

tes sur la falaise dorée par le couchant; la
vapeur du soir traversée par les rayons lui
faisait un nimbe éclatant, une sorte d'au-
réole... Soudain, la voix lui manqua, elle
fondit en larmes et cacha son visage dans
l'herbe épaisse et parfumée.

— J'ai trop souffert, trop souffert, mur-
mura-t-elle à travers ses sanglots. Je veux être
heureuse et tranquille.

Elle essuya ses larmes, calma les battements
de son cœur et contempla sa vie future... tranquille, elle le serait; heureuse... pourquoi pas,
avec le devoir et la confiance pour guides?

En ce moment, au détour du rocher, non
plus sur le chemin de la falaise, par où devait
venir l'inconnu de ses rêves, mais sur la mer
bleue et transparente, apparut la voile rousse
de Jean-Baptiste. C'était l'époux qui venait...,
les rêves devaient fuir à son approche. Bonne
Marie les chassa pour la dernière fois, et
jamais, depuis, ils ne vinrent la visiter, ou
s'ils vinrent, elle sut leur fermer la porte.

Au Salon de cette année-là, au moment
même où Omonville fêtait le mariage des jeunes
gens, un portrait de femme, sous ce titre :
Luciane, produisit un effet extraordinaire. La
critique s'en préoccupa, les peintres en rêvè-
rent, tout le monde s'arrêta devant, et sur
les trois cent mille visiteurs de l'Exposition il
n'en sortit peut-être pas dix qui ne l'eussent
attentivement observé. Le nom de Morin courut de bouche en bouche, et celui de son
modè e au moins autant. La disparition mysté-
rieuse de Luciane, oubliée en son temps comme
tout s'oublie, devint le point de départ de mille
romans, tous également éloignés de la vérité;
le résultat fut pour Morin une célébrité aussi
rapide que dangereuse.

Il fut puni de son succès et de son égoïsme,
suivant les points de vue, car de sa vie il ne
sut faire une œuvre égale à ce fameux portrait.

On a dit, avec raison, de certains romanciers
qu'ils n'avaient jamais fait qu'un bon roman,
celui de leur propre existence, et qu'après

celui-là ils n'avaient pu donner la vie à aucune
fiction...; ce fut vrai pour Morin. Luciane, en
se dérobant à lui, lui avait attaché au flanc le
triple aiguillon de l'amour-propre blessé, de
l'ambition mal assurée et de la curiosité déçue :
cela et un peu de chagrin, dont il fit pour ses
intimes une douleur irrémédiable, lui avait
donné une profondeur de sentiment et une
puissance d'exécution qu'il ne put jamais retrouver. Morin devait rester et resta un artiste
médiocre, mais il devint riche, car ce portrait
de Luciane lui fit épouser une héritière de la
bourgeoisie qui rêvait d'inspirer une passion
à un homme de génie.

Dix ans après, Bonne-Marie avait trois enfants,
trois robustes petits pêcheurs, dont l'aîné
accompagnait déjà son père et dont les deux
autres passaient leur vie à se rouler dans le
varech, lorsqu'on prépara, à Cherbourg, des
fêtes splendides à l'occasion du lancement d'un
vaisseau de guerre. Le ministre de la marine
devait y assister, et le *Phare de la Manche* don-

nait la liste des hommes marquants qui l'accom-
pagneraient. Parmi ceux-ci, Bonne-Marie lut
celui de Louis Morin, chargé de prendre des
croquis pour un grand journal de Paris.

Elle était seule en ce moment; un désir
violent la prit de revoir l'homme qui avait
joué un si grand rôle dans sa vie; non qu'elle
eût conservé le moindre sentiment de tendresse pour lui; au contraire, il lui semblait
qu'après l'avoir revu, elle n'en aimerait que
mieux son mari.

Choisissant le moment favorable, elle parla
à Jean-Baptiste de sa fantaisie nouvelle, et
comme elle ne demandait jamais rien, elle
obtint facilement la permission d'aller à Cherbourg pour les fêtes. Les enfants resteraient
avec leur père.

Bonne-Marie se rendit donc à la ville à
l'époque voulue, et; dès l'arrivée; sut se
mêler à la foule de façon à voir passer l'es-
corte du ministre.

Parmi tant de visages inconnus, elle distin-

gua bientôt celui de Morin, mais si changé
qu'elle dut regarder à deux fois pour le reconnaître sûrement.

Épaissi, grisonnant, les yeux entourés de
rides, et paraissant plus que son âge, car,
malgré son renom officiel, le peu de cas que
les artistes faisaient de ses œuvres n'avait
jamais cessé de lui peser, il était riche, envié
et malheureux, aigri sans cesse par le sentiment de son impuissance.

— C'est là l'homme que j'ai aimé, se dit
Bonne-Marie. J'étais folle! Le regard que la
jeune femme fixait inconsciemment sur lui
attira son attention, et il leva les yeux.

Un tressaillement involontaire du peintre
prouva à Bonne-Marie que Morin n'avait pas
oublié son ancien modèle ; les traits de la jeune
femme avaient toujours leur coupe noble et
régulière, et les yeux leur éclat velouté ; mais
il attribua cette ressemblance à un hasard, au
type du pays peut-être, dont les visages voisins lui offraient d'autres échantillons ; Bonne-

Marie soutint ce regard avec tant de calme et d'indifférence qu'il détourna les yeux et passa outre.

Elle le regarda encore un instant : le dos légèrement voûté, l'attitude maussade et ennuyée du peintre mécontent lui firent presque pitié.

— Est-il possible, se disait-elle en retournant vers Omonville sans attendre les fêtes, est-il bien vrai que j'ai aimé cet homme-là ! .

Son mari fut bien surpris de la voir revenir sans avoir assisté au lancement du vaisseau, au feu d'artifice et à tous les divertissements que comporte un cas semblable.

— Je m'ennuyais toute seule, répondit-elle tranquillement.

Le soir, les enfants couchés, Jean-Baptiste fumant sa pipe au coin du feu qui s'éteignait, sa femme lui mit la main sur l'épaule.

— Jean-Baptiste, lui dit-elle, j'ai vu Louis Morin, là-bas.

Le pêcheur tressaillit et regarda sa femme qui lui souriait doucement.

— Eh bien? dit-il avec un reste d'anxiété jalouse.

— Eh bien, mon homme, répondit-elle, en employant la locution du pays, je t'aime, voilà tout.

Jean-Baptiste prit dans la sienne la main qui reposait sur son épaule et se remit à fumer.

Ils sont encore parfaitement heureux.

FIN.

PARIS. — TYPOGRAPHIE DE E. PLON ET Cie, RUE GARANCIÈRE, 8.

www.ingramcontent.com/pod-product-compliance
Lightning Source LLC
Chambersburg PA
CBHW070450030726
47503CB00004B/980